KB068515

스무 살,
나를 만나러
갑니다

심리학이
필요한
청춘에게

최혜만 외
40인 지음

스무 살,
나를 만나러
갑니다

심리학 전공생들과 함께 하는 마음 공부

바른북스

당신의 인생에서 가장 중요한 사건은 무엇이었는가? 기억에
관한 여러 연구들에 의하면, 사람들은 자신의 20대 시절에 겪
었던 경험들을 인생에서 가장 중요한 사건으로 기억하는 경향
이 있다. 스무 살의 시기는 사랑, 꿈, 도전, 그 모든 것들이 낯
설게 느껴지는 동시에 자신에 대해 가장 많은 것들을 깨닫게 해
주는 인생의 특별한 시기이기 때문이다.

교수로서 매년 3월이 되면 채 스무 살이 되지 않은 대학 신입
생들을 만나게 된다. 한 해 두 해 나이를 먹어가는 나와는 달리
항상 스무 살 언저리에 머무는 대학생들을 보면서 자연스레 청
춘의 의미를 생각해 보게 된다. 스무 살 청춘이기에 누릴 수 있
는 자유와 그 속에서 자신에게 집중할 수 있는 특권이 그들의

시간을 특별하게 만들어 준다. 학생들과 만나 얘기를 하면서 가장 흥미로운 순간은 그들이 미래의 꿈에 대해 이야기하는 바로 그 순간이다. 꿈에 부풀어 때론 수줍게, 때론 자신에 찬 목소리로 미래를 이야기하는 학생들의 눈빛은 마치 강물에 비치는 한낮의 태양처럼 눈부시도록 반짝이며 일렁인다. 물론 고민을 이야기하는 학생들도 많지만, 그들이 어려움을 이겨내고 단단하게 여물어 갈 것을 알기에 그 청춘의 앞날을 기대하게 된다.

이 책은 가천대학교에서 심리학을 전공하고 있는 40명의 대학생들이 놀라우리만치 자신들과 비슷한 경험과 고민을 하고 있을 당신에게 전해주는 용기와 위로의 말들이다. 이 책에는 오늘의 나를 만나고, 내일의 나를 만들고, 관계 속 나를 찾고, 변화 속 나를 키우고, 어지러운 마음을 다스리기 원하는 20대 청춘의 일상과 지혜가 오롯이 담겨 있다.

"저는 청춘입니다. 나이가 10대, 20대라서 청춘이 아니라 살아 있는 것이 청춘이거든요."

올해 82세의 세계적 건축가 안도 타다오가 최근 인터뷰에서 한 말이다. 당신도 그렇다. 해보지 않은 새로운 일에 도전하고, 변하는 세상 속에서 내가 누구인지 그리고 삶이 무엇인지에 대해 고민하며, 여전히 불안하지만 오늘도 어디론가 발걸음을 떼는 당신은 신체 나이를 떠나서 분명한 청춘이다. 이 책은 청춘의 마음을 가진 당신이 온전히 스스로를 들여다볼 수 있는 시간을 선물해 줄 것이다.

스무 살의 애달프지만 눈부신 일상, 그리고 그 너머에 있는 이야기들을 만나러 가보자.

아니, 당신 자신을 만나러 가보자.

마흔의 청춘에,
최혜만

(목 차) **들어가는 말**

1장

오 늘 의 나 를 만 납 니 다

1장

오늘의 나를
만납니다

잘하고 있어

이 채 원
◇◇◇◇◇◇◇

나는 왜 이 모양일까?

아주 어렸을 때는 뭐든 곧잘 하는 아이라고 생각했다. 초등학생 때까지만 해도 사소한 것들로도 칭찬받을 수 있었다. 받아쓰기 만점을 받는 것, 아침에 일어나 이불을 개는 것, 친구를 도와주는 것 등 칭찬거리는 많았다. 청소년 시절을 거쳐 성인이되면서 어느새 잘하는 아이가 아니게 됐다. 나보다 뛰어나고 열심히 하는 친구들이 훨씬 많았기 때문이다. 더 이상 나에게는빛이 나지 않는다고 느끼게 되면서 다른 아이들과 비교하기 시작했던 것 같다. 공부를 잘하는 친구, 맑고 사랑스러운 성격의친구, 섬세한 감성을 잘 표현하는 친구, 자신만의 취미 생활을 잘 즐기는 친구 등 만났던 사람들에게서는 여러 좋은 모습을 찾고 나의 나쁜 모습을 골라 비교하며 스스로 부족한 사람이라고 여겼다. 그 사람들의 좋은 점을 모두 모은 집합체가 나이길 바랐다. 자기 일을 잘하고, 좋은 인간관계를 가지고, 누구나 좋아할 만한 품성까지 갖춘 그런 완벽한 사람, 적어도 지금의 나보다 더 나은 사람 말이다. 여러 사람을 만나는 경험을 하면서 이상적인 나를 만들었고 그 틀 안에 맞지 않는 나의 못난 점들이 너무 거슬렸다. 대학에 와서 같은 전공을 공부하는 여러 친구 중 대외활동이나 개인적인 경험을 쌓기 위해 열심히 뛰어다니는 친구들을 보면 나보다 더 빨리 꿈에 다가가는 것 같아서 위축되고 괜히 패배자가 된 기분이 들기도 했다. 스스로 해야 하는 일이 많아지면서 내가 하는 모든 것을 잘하고 싶다는 생각이 강해졌다. 최소한 다 잘하지는 못하더라도 열심히라도 하는 사람이라도 되어야 했다. 하지만 하나에 집중하면 다른 하나는 미처 신경 쓰지 못하는 내가 성에 차지 않았고 그렇게 남들과 비교하며 열등감을 느끼는 자신이 너무 초라하게 느껴졌다. 그래서 다른 친구들을 따라 하려고 아등바등 노력했다. 그렇게 하다 보니 하나를 해낼수록 둘, 셋을 더 해야 성공할 수 있을 것 같았다. 남들이 하는 것들을 똑같이 하는 것은 그다지 의미가 없다고 생각했다. 사실 남들을 따라 하는 것도 벅찬데 남들보다 더

해야 한다는 압박감은 나를 더 지치게 했다. 무언가 할 의욕은 뚝뚝 떨어졌지만 지금 하는 것들이라도 하지 않으면 다른 사람들의 눈에도 정말 한심한 존재가 될까 봐 불안해 꾸역꾸역 눈앞에 닥친 것들을 해나갔다. 그때는 그냥 주어진 것을 하는 것뿐이라고 생각했다.

지나가는 하루에 한 친구가 말했다. "너는 참 열심히 사는 것 같아. 항상 무언가를 하려고 하잖아. 난 그렇게 못하겠던데." 마음이 쿵 하고 내려앉는 기분이었다. 나는 내가 열심히 살고 있다고 생각하지 못했다. 항상 부족한 부분만 생각했다. 다른 사람의 시선에서는 내가 자신의 삶을 열심히 사는 사람으로 비칠 수 있다는 것이 신기하기도 했다. 타인을 보며 느꼈던 생각을 타인이 나를 보며 느꼈다는 게 꽤 뿌듯하고 잘못 살아오지는 않은 것 같아 안도감도 들었다. 다 잘하고 싶은 마음은 욕심이라는 것을 알았지만 나에 대한 기대가 높은 나머지 그 사실을 오랫동안 외면했던 것 같다. 원하는 모습이 아니었기에 타인과 비교하면서 나를 깎아내렸다. 이에 더 좌절하게 되고 스스로를 비난하게 되었다. 열등감에 자기 비하가 더해져 스스로 무가치하다고 여겼다. 그럴수록 당연히 내가 원하는 멋진 나에게서는 점점 더 멀어져가는 기분이 들었다.

하지만 나는 꽤 열심히, 잘 살고 있었다. 다른 사람도 알아보는데 정작 나는 알아주지 못해 나에게 미안했다. 다시 생각해 보니 이상적인 나의 틀 안에 들어가지 못했던 부분도 다음 경험에 도움이 되기도 했다는 사실을 알게 되었다. 저번보다 더 나아지기 위해 열심히 노력하는 모습 아래엔 어긋난 모습의 열등감이 있었다. 당시에는 싫은 부분을 다시 봐야 했기에 힘들었고, 내가 원하는 모습에 가까워지는 일도 아니었기에 그다지 의미가 없었다고만 생각했다. 그러나 친구의 말을 통해 나에게는 작은 부분이 다른 이들에게는 큰 장점으로 보일 수 있다는 것을 알게 되었다. 사람마다 잘 산다는 기준은 다 다르고, 상대적인데 그걸 알지 못했다.

심리학자 칼 로저스Carl Rogers는 인간은 성장과 증진을 위하여 끊임없이 나아가고자 하는 기본적인 동기인 자기실현 경향성self-actualizing tendency이 있으며, 이를 통해 생활 속에서 직면하는 고통이나 성장방해 요인을 극복할 수 있다고 믿었다. 자기실현 경향성은 환경이 야기하는 어려움에서도 유기체를 유지하거나 고양하는 방식으로 발달해 가려고 하며, 누군가가 좌절을 겪으며 게으름을 피우고 부정적으로 행동하는 것은 개인의 가능성과 잠재력이 부족한 것이 아닌 자신의 잠재력을 발견하지 못하고 스스로를 왜곡했기 때문이라고 설명했다. 이처럼 나는 내가 바라는 멋진 모습으로 성장할 수 있는 자기실현 경향을 가졌지만 이를 보지 못하고, 열등감 속에서 지속적인 비교로 인해 낙담하고 스스로를 부정적으로만 왜곡했던 것이다.

　태어날 때부터 경쟁으로 태어난 인간이 다른 존재와 비교하는 것은 자연스러운 현상이다. 비교로 인해 무언가를 할 원동력을 얻기도 하고, 나처럼 자기 비하에 빠져 불안에 떨며 제자리걸음을 할 수도 있다. 여러분이 느끼는 감정은 자연스러우며 그것을 극복할 경향성 또한 가지고 있다. 우리 모두 걸음걸이가 다르듯이 각자 지나온 걸음이 달라 다른 사람과 비교하기만 하면 그런 힘이 있는지 알기 힘들 수도 있다. 아직 나도 내가 어떤 길로 향할지 모른다. 진흙 길일 수도 자갈이 많은 길일 수도 있다. 그렇지만 나의 발에 쌓인 것들로 더 나은 길을 찾을 수 있을 거라 기대한다. 타인과의 비교로 인해 자신이 너무 보잘것없는 존재라고만 생각하지 않았으면 좋겠다. 나에 대한 기대와 현실을 저울질하며 스스로를 괴롭게 하지 않으면 한다. 지금 하는 것, 과거에 해왔던 것들도 충분히 멋진 일이니 말이다. 우리 모두 잘 해내는 중이다.

할 수 있는 일을 해낸다면,

우리 자신이 가장 놀라게 될 것이다.

If we all did the things we are capable of doing,

we would literally astound ourselves.

- Thomas A. Edison

● 이채원

다른 사람의 마음이 궁금해 심리학을 공부하기 시작했고, 배우는 과정 속
에서 나에 대해 몰랐던 것들을 알아가는 중입니다.

_____ 이채원

행복이라는
내 삶의 원동력

김나영
◇◇◇◇◇◇◇

　당신의 삶을 움직이는 원동력은 무엇인가? 누군가가 지금의 나에게 삶의 원동력이 무엇이냐고 묻는다면 바로 행복이다. 과거의 나에게는 삶의 원동력이 사라졌었고, 그렇기에 무기력하고 우울한 나날들을 보냈다. 지금의 나는 행복이라는 원동력을 발판 삼아 앞으로 나아가는 중이다. 나의 글을 읽는 당신에게 삶의 원동력이 없다면, 조금이나마 이 글을 보며 삶의 원동력이 하나쯤 있으면 삶이 어떻게 달라지는지 알려주고 싶다.

　고등학교 3년간 원하던 심리학과에 입학하여 심리학이 나에게 잘 맞는다고 생각했고, 공부하며 즐거웠다. 그러던 어느 날, 대학 생활을 열심히 하던 내게 번아웃이 찾아왔다. 번아웃은 어떤 일을 하는 도중 극심한 육체적, 정신적 피로를 느끼고 동기나 의욕을 잃어 무기력해지는 것을 말한다. 이 불청객은 나의 삶의 즐거움을 없애 갔다. 꿈을 잃어버렸다고 할 수도 있고 그토록 원했던 심리학 공부도 재미가 없어졌다. 무기력한 하루하루를 견디는 것이 내가 할 수 있는 최선이었다. 매일 즐겁기만 하던 대학 생활이 나에게 의무로 다가왔다. 그전까지의 나의 삶의 원동력이 무엇이었을까 생각해 보면 심리학이었다. 여러 이론을 공부하고 새로운 분야를 알게 되고 원하던 공부를 한다는 것이 즐거웠다. 심리학에 흥미를 잃고 나서, 다른 사람의 행복을 위해 노력하는 사람이 되겠다는 꿈이 사라졌다. 무작정 '취업해야지.'라는 생각과 함께 의료 경영을 공부하기 시작했지만 결과는 그저 그랬다. 그렇게 의무감만으로 가득한 하루를 보냈고 그렇게 3학년 1학기 종강을 했다.

그러던 중 2023년 6월, 우연히 한 아이돌 그룹을 알게 되고 팬이 되었다. 그들의 노래를 들으면 위로를 받았고 그들은 나에게 한없이 다정했다. 기쁠 때는 옆에서 더 웃게 만들어 준다고, 힘들 때는 배게 끌어안고 같이 울어줄 수 있는 그런 친구가 되어준다고 했다. 매일 멋지진 못해도 항상 따뜻하게 해준다는 좋아하는 멤버의 편지를 읽으면, 웃는 순간들이 많아졌고 행복했다. 그렇게 난생처음으로 누군가의 팬이란 것을 해보게 되었다. 자연스럽게 같은 팬인 사람들을 만나며 공통점을 가지고 대화를 나누기도 하면서 집 밖에 나오는 게 더 이상 귀찮게 느껴지지 않았고 사람들을 만나는 게 즐거워졌다. 3월에 데뷔한 내 아이돌이 성장해 나가는 모습을 보며 나도 하고 싶은 일이 뭐지? 생각해 보게 되었고 "오늘 하루를 멋지게 지내주세요. 하루의 끝에 저희가 쉼터가 되어드릴게요."라는 한 멤버의 말에 문득 내게도 언제든 쉴 수 있는 곳이 있다는 것을 알았다. 이렇게 내 아이돌이 주는 행복은 내 삶의 원동력이 되어주었다. 하루하루를 더 의미 있게, 열심히 살고 싶어졌다. 그래서 아르바이트도 하고 학교도 열심히 다녔다. 집을 좋아하던 내가 어쩔 수 없이 매일 밖에 나가도 전혀 힘들지 않았고 오히려 매 순간 최선을 다하려 노력했다. 원동력이 생긴 내 삶은 의미 있어지고 행복한 순간들로 가득 찼다.

주변 사람들에게 밝아졌다는 말과 행복해 보인다고, 좋아 보인다는 말을 많이 들었다. 매일 행복하진 않아도 적어도 내 삶에 행복한 순간이 늘었다는 것만큼은 확실했다. 행복이라는 삶의 원동력이 생기니 모든 일들이 버겁지 않게 느껴졌고, 새로운 꿈을 꿀 수 있게 됐다. 결과적으로 고등학생 시절 꿈꿨던 '다른 사람의 행복을 위해 노력하는 사람이 되겠다.'라는 목표가 다시 생겼고 심리학 중에서도 상담이 재밌고 내가 하고 싶은 일이라는 것을 알 수 있었다.

행복한 상태, 즉 긍정 정서는 삶의 모든 측면에 영향을 끼친다. 첫 번째로, 자주 웃는 등의 외현적 행동이 증가했다. 주변 사람들에게 밝아졌다는 말을 듣고 좋아 보인다는 말, 그리고 행복해 보인다는 말을 정말 많이 들었다. 두 번째로 무엇보다 가장 긍정적인 것은 하고 싶은 일이 뭔지 찾으려 노력했고 결과적으로는 상담을 하고 싶다는 내재적인 동기가 생겼다. 너무나도 꿈꿨던 심리학과지만 막상 들어와 보니 대학원부터 수련 기간 많은 것 등 현실적인 부분들과 번아웃으로 모든 성취감을 잃고 좌절하며 우울해하기도 했다. 그러나 지금의 나에게는 삶의 원동력인 행복이 존재하기에, 무엇이든 열심히 할 수 있는 의지가 있다. 힘든 일이 있어도 내가 좋아하는 사람으로부터 힘을 얻을 것이고 더 행복해질 수 있겠다는 확신이 있다.

이처럼 한 그룹의 팬이 되면서 행복감이 내 삶에 들어왔다. 내가 좋아하는 사람들은 지금까지도 나에게 긍정적인 힘을 주며, 부서지지 말고 함께 나아가 자며 위로를 건네주는 존재이다. 더 이상 내게 무기력과 우울이라는 부정 정서는 존재하지 않는다. 혹시나 다시 부정 정서가 나를 덮쳐도 이젠 얼마든지 극복해 낼 수 있다고 생각한다. 또한 나는 상담을 하는 사람이 되고 싶다는 목표를 가지고 꾸준히 앞으로 나아갈 것이다. 살

_____ 김나영

다 보면 좌절을 겪기도 하고 나처럼 꿈을 잃어버리기도 하고 무기력이 자신을 덮쳐오기도 할 것이다. 이런 무기력은 내가 통제할 수 없기에 적어도 무기력한 나에게 스스로가 해줄 수 있는 일은, 작은 행복을 찾는 것이다. 별거 아니더라도 '나는 치킨을 좋아해, 나는 운동을 좋아해, 나는 노래하는 걸 좋아해' 등 삶을 살면서 한 번쯤 느꼈을 행복을 찾아보다 보면 내가 좋아하는 것들을 찾을 수 있을 것이다.

누군가는 나에게 삶의 원동력이 고작 아이돌이냐고 할 수도 있다. 그러나 나에게 아이돌을 좋아하는 일은, 이처럼 누군가를 진심으로 좋아해 본 적이 없었기에 내 삶이 이렇게 행복했고 좋은 방향으로 변화했다는 소중한 기억으로 남을 것이다. 무엇보다 누군가를 좋아하는 마음을 통해 나를 사랑하는 방법도 배울 수 있었다는 게 의미 있다. 이렇게 달라진 내 삶처럼 당신에게도 소중한 누군가가 생기는 것이든 정말 좋아하는 무언가를 찾는 것이든 삶의 원동력이 생기면 좋겠다.

조금이라도 노력해 보자. 나에게 중요한 것이 뭔지, 나를 힘내게 해주는 것이 뭔지, 사소한 거라도 스스로에게 힘을 주는 것을 발견한다면 그것은 또 다른 시작이 될 수 있다. 다른 사람의 시선보단 내 생각, 내 마음을 움직이는 것이 무엇인지 찾는 것이 중요하다. 작은 것부터 시작해서 내게 원동력을 주는 것을 찾게 된다면, 당신에게도 분명 삶에서 소중하게 간직하고 싶은 기억들이 생길 것이다.

지금의 나는 누군가를 좋아한다는 것을 통해 나를 사랑하게 되면서 행복 자체가 삶의 원동력이 되어주고 있다. 우연히 알게 된 아이돌이 내 삶을 바꾸어 놓은 것처럼 누군가에겐 별거 아닌 일이 나에겐 좋은 것일지 모른다. 겁먹지 말고 뭐든 해보길 바라며, 당신이 삶의 원동력을 찾고 행복해지길 바란다.

김나영

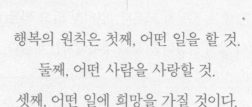

행복의 원칙은 첫째, 어떤 일을 할 것.

둘째, 어떤 사람을 사랑할 것.

셋째, 어떤 일에 희망을 가질 것이다.

- 칸트

● 김나영

누군가를 좋아한다는 것을 통해 나를 사랑하는 방법을 배워 행복이라는 삶
의 원동력을 되찾은 사람.

찐빵을 먹는 방법

양태인

난 찐빵이란 음식이 싫었다. 엄마에게 음식 좀 적당히 먹으라는 소리를 귀에 못이 박히게 들을 정도로 먹성이 좋던 나였지만 찐빵은 입에 대지도 않았다. 그것을 볼 때마다 호빵맨이라는 만화 캐릭터가 떠올랐기 때문이다. 호빵맨의 머리는 찐빵처럼 둥그런 원의 형태를 띠고 있고, 코에는 이상한 방울토마토와 같이 생긴 것이 박혀 있으며, 광대는 또 얼마나 큰지 코 양쪽으로 코만치 튀어나와 있다. 적에게 공격당해 머리에 상처가 나면 팥앙금이 튀어나오고 비율은 2.5등신 정도 되는 것 같다. 그 캐릭터와 닮았던 나는 친구들로부터 짓궂은 놀림을 받곤 했다. 초등학교 6학년 시절, 친구들이 이따금 나에게 호빵맨이라고 부를 때면 작은 키와 통통한 얼굴이 더욱더 동그랗고 크게 느껴졌으며, 낮은 코가 정말 호빵맨의 방울토마토처럼 보여 어디론가 숨어버리고 싶었다. 체육 시간에 옷을 갈아입으러 화장실에 들어갈 때면 거울의 비친 나의 모습을 보지 않기 위해 고개를 아래로 푹 숙이기도 하였다.

요즘 20대는 자신의 외모를 열심히 가꾼다. 인스타그램을 열면 많은 사람이 헬스장에서 찍은 사진을 올리는 것만 봐도 알 수 있다. 자신의 발전을 위해 노력하는 행위는 긍정적인 행동이라고 생각한다. 하지만 외모를 가꾸는 것 못지않게 자신의 내면을 가꾸는 것 또한 중요하다. 외모는 완벽할 수도 없을뿐더러, 완벽에 대한 기준도 모두 다르기 때문에 아무리 외모를 가꾸어도 자기 본연에 대한 가치를 모른다면 만족 없이 계속 제자리로 돌아올 뿐이다. 결국 나도 나 자신이 부끄럽고 싫었기에, 찐빵을 싫어했던 것이다.

사실 예전의 내가 이렇게까지 나의 외모를 부끄러워한 이유는 청소년기의 자아 중심성 중 하나인 '상상적 청중'의 영향도 있었다고 생각한다. 상상적 청중이란, 스위스의 심리학자 장 피아제의 인지발달 단계 중 '형식적 조작기'의 특징 중 하나로, 자기가 자신의 외모를 신경 쓰는 것처럼 타인도 자신의 외모를 신경 쓰고 있다고 생각하는 것이다. 나 또한 항상 남들이 나를 보며 평가할 것 같았고 타인과 나를 비교하며 나 자신을 더욱더 깎아내렸다.

지금 생각해 보면 자존감은 내가 객관적으로 갖추고 있는 것 그 자체보다는 그에 대한 주관과 관련이 있다. 결국 자존감은 자신이 세상에서 유일하며 소중한 존재임을 알고 있는지에 따라 결정된다. 그렇다면 이러한 사실을 깨닫기 위한 방법으로는 무엇이 있을까. 각기 다른 자신에게 적절한 방법이 존재하겠지만 나는 성취감을 통해 나 자신이 가치 있는 사람임을 깨달을 수 있었다.

집 근처에 생긴 합기도장에 찾아가 봤다. 체육관을 끊은 후 관장님은 다이어트를 시켜야겠다며 나에게 운동 30분 전에 와서 줄넘기 2,000개를 하라고 하셨다. 중학교 1학년에게 줄넘기 2,000개는 상당히 강도 높은 운동이었다. 나는 항상 운동 전에 온몸이 땀으로 다 젖어 있었다. 체육관 사람들은 장난삼아 땀 냄새가 난다며 핀잔을 줬지만 나는 날마다 뭔가를 해내고 있다는 사실 하나로 뿌듯한 성취감을 느꼈다. 무언가를 이루고 있다는 느낌, 성취감. 난 이런 게 필요했다. 난 체육관에 가는 날마다 줄넘기 2,000개라는 작은 도전을 했고, 그것에 성공할 때마다 내가 뭔가 대단한 사람이 된 것 같은 느낌을 받았다.

이후 나는 예전과는 사뭇 달라졌다. 앞에 나서는 걸 극도로 싫어했던 예전과는 달리 학급 반장으로 도전해 보기도 하고 아침에 양치하는 도중 거울에 비친 내 얼굴이 웃기면 혼자 낄낄거렸으며 새하얀 눈이 내리면 폭신폭신한 빵 안에 달달한 팥앙금이 가득 차 있는 찐빵을 먹고 싶어 동네 편의점을 돌아다니기도 했다. 전에는 쳐다도 보기 싫어했던 찐빵을 마침내 먹을 수 있게 된 것이었다.

우리는 모두 자기 자신이 완벽하지 않음을 알고 있다. 그것이 외모일 수도, 성격일 수도 있다. 자존감이 낮은 사람들은 이러한 점을 알고 있으면서도 본인의 부족한 부분을 받아들이지 못하고 괴로워하며 남과 비교하고 계속 자신을 깎아내려 간다. 반대로 자존감이 높은 사람들은 자신의 부족한 점을 있는 그대로 받아들인다. 자기 자신을 사랑하며 건강하게 살아간다. 여기서 건강이란 어떠한 질병이 없거나 좋은 신체적 기능을 가지고 있는 상태를 말하는 것이 아니라 자신에 대한 가치감을 느끼고 그로 인해 유발된 행복감을 즐기며 살아가는 것을 의미한다.

'난 150살까지 살 거야.' 며칠 전, 꿈이 뭐냐고 물어본 동기의 질문에 대한 나의 대답이었다. 같이 도서관에 가던 후배와 동기가 피식 웃었다. 저 웃음의 의미가 어처구니없어서인지 말도 안되는 이야기라고 생각해서 인지는 모르지만 상관없다. 머리에 떠오른 생각을 장난스럽게 내뱉은 뒤 나는 한 가지 사실에 놀랐다. 150살까지 살겠다는 대답은 진심이었다. 나는 내가 전과 달리 삶을 살아가는 것을 즐기며, 건강하게 살고 있다는 것을 알고 있다.

이성으로 비관해도
의지로써 낙관하라.

- 안토니오 그람시

● 양태인

인생에서 다양한 문제에 부딪힐 때, 걱정과 불안은 접어두고 무엇을 해야
하는지 집중하며 살아가고 있습니다.

이봐, 당신도 청춘이야

박연주
◇◇◇◇◇◇◇

"야, 이것도 청춘이야."

내가 성인이 되어서 가장 애용하는 말이다.

이 글을 읽다 보면 왜 이 말을 사랑하게 되었는지 알 수 있을 것이다.

어렸을 적, 담임 선생님이 수업 도중, "야 넌 얼굴도 못났으니까, 공부라도 잘해야 돼."라고 하셨을 때에도, 좋아하는 남자애에게 공개적으로 무시를 당했을 때에도, 지금 생각하면 너무 화가 나지만 당시에는 웃고 넘기곤 했다. 왜냐하면 나는 그렇게 나를 대해도 괜찮은 사람인 줄 알았다. 그리고 나도 나를 그렇게 무시했다.

난 항상 남 눈치를 보면서 스스로를 깎아내리는 삶에 익숙했었다.

'내가 왜 그랬을까.' 하고 돌이켜 생각해 보았다. 낮은 자존감과 확증편향의 콜라보였다. 자존감은 자기를 존중하고 가치 있는 존재로서 인식하는 마음을 의미한다. 그리고 확증편향은 내가 이미 갖고 있는 신념에 대해 지지하는 정보만을 선택해서 받아들이는 경향을 의미한다. 나는 남들에게 내세울 수 있는 잘난 점이 하나도 없다는 확증편향을 늘 달고 다녔다. 그래서 이런 스스로를 항상 부정하는 말에만 주의를 기울였고, 조금이라도 칭찬하거나 지지하는 발언을 들으면, "난 그런 사람이 아니야."라며 항상 스스로를 부정했다. 고집스러운데 자존감은 바닥이었던 것이다. 그러면서도 남을 시기 질투하는 아주 못난 소녀였다.

칙칙했던 재수생 시절, 천장을 보면서 멍을 때리다 문득 그런 생각이 들었다.

'나에게 남은 게 뭐가 있을까?' 그렇게 매달렸던 인간관계도 남아 있지 않았고, 자존감 또한 채워지지 않았다. 제일 슬픈 건 나중에 돌이켜볼 때 청춘이라고 기억될 추억들이 하나도 남아 있지 않았다. 내가 노력했던 것들 하나하나가 부정당했다는 생각이 들어 갑자기 눈물이 났다.

일기장을 펼쳤다. 예전부터 해보고 싶었던 것들, 동경했던 것들을 생각나는 대로 싹 다 적었다.

그리곤 하나씩 다 이루리라 하고 다짐했다.

내게 아무것도 남지 않은 것 같아 너무 힘들었지만, 일기장을 보면서 미래에 웃고 있을 나를 상상하며 매일 밤마다 스스로 다독였다.

너무 힘들었던 수험생 생활이 끝나고부터는 바로 무작정 옷을 엄청 샀다. 정말 많이 샀다. 더 이상 거지꼴로 밖을 돌아다니고 싶지 않았다. 한 번은 혁오 밴드가 입을 법한, 무릎을 살짝 굽히면 바닥에 쓸리는 롱코트를 입고 지하철을 탔는데, 창문에 비친 내 모습을 보고 "우와 청춘들이 입는 코트다." 하며 두근두근거렸다. 대학에 와서 내 취향이 담긴 옷들을 사람들에게 처음 칭찬받았을 때, '어라 기분 좋다.'라고 생각이 들었지만 '에이 절대 아니야.'라며 부정했다. 그런 뒤 칭찬을 몇 번 더 듣게 되었을 때에는, 내 방 거울 앞에 서서 칭찬을 쿨하게 받는 리액션을 연습했다. 리액션을 연습한 덕인지는 모르겠지만, 그 뒤로부터는 칭찬들을 부정하지 않게 되었다.

수능이 끝나고 스무 살이 된 겨울에는 무작정 페인트를 사다가 방을 어두운 보라색으로 도배를 했다. 불을 끄면 암막 커튼이 필요 없을 정도로 어두운색이다. 너무 재밌는 게 제대로 벽 칠이 안 돼서 누더기처럼 벽에 붓질 자국이 남아 있다. 우리 엄마는 얼룩덜룩한 내 방을 도깨비 동굴이라고 부른다. 그럴 때마다 엄마께 이렇게 말씀드린다. "이것도 청춘이야, 빈티지하잖아."

어이없다는 듯이 웃고 돌아가는 엄마를 보면서, 스스로에게 '뭐야, 나 왜 이렇게 나한테 관대하지?'라며 놀랐던 기억이 난다.

대학에 들어오고 나서는, 수험생 시절부터 청춘의 대명사라고 생각한 밴드부에 무작정 지원했다. 내 인생의 전환점까지는 아니더라도 인생을 주마등처럼 살펴보면 이때의 기억이 짙게 날 것 같다. 노래 부르는 걸 좋아하지만 실력이 살짝 애매한 보컬로 지원을 했다. 실력으로 인해 남들에게 폐 끼치고 싶지 않다는 생각으로 열심히 연습했다. 또 '어라, 나 좀 더 이곳에서 쓸모 있고 싶어!'라는 생각이 들어 일렉 기타를 사다가 연습했다. 기타를 치면서 좋아하는 음악의 폭도 넓어졌다. 사람들 앞에서 여러 번 공연을 할 수 있는 기회는 나를 특별한 사람처럼 만들어 주었다. 밴드부 생활을 하면서 취향이 비슷한 사람들과의 유대는 나의 자존감을 올려주었고, 내가 무언가를 잘할 수 있는 사람이라는 자신감을 심어주었다.

그러면서 꾸게 된 내 인생의 마지막 꿈은 라이브 펍의 사장이 되어서 술과 음악을 즐기는 공간을 만드는 것이다.

"이것 또한 청춘이야."라는 말은 낭만을 사랑하는 나에게 영화의 한 장면을 만들어 주기도 한다. 비 오는 날, 안개가 자욱하게 껴 눈 온 것처럼 세상이 새하얬다. 합주를 마친 뒤, 우산이 없어서 친구들과 기타를 들고 뛰어가는 순간에 마치 영화의 한 장면 같다는 생각을 했다. 아름답다고 생각되는 상황에 청춘이라는 말을 덧붙이니 그 상황이 더욱 소중해지고 애틋했다.

바닥을 쳤던 나의 자존감은 예전만큼 나를 자책하게 하거나 옭아매지 않는다. 왜냐면 청춘이라는 말로 나의 삶을 대하다 보니 자연스럽게 나 자신도 사랑하는 과정 속에 있기 때문이다. 자존감을 비롯해서 자기 존중감이 커지다 보니 이로 부정적인 확증편향도 자연스레 줄었다. 예전에는 부정적인 말들을 골라 들으면서 스스로를 단정 짓는 확증편향을 매번 보였지만, 요즘은 '굳이? 귀찮아….' 하고 하기 싫다.

글을 이렇게 적었다고 해서 현재의 내가 '나 자신을 정말 사랑합니다.'라고 생각하는 건 아니다. 아직까지도 실수를 하거나 자책하는 순간이 종종 있다. 하지만 그런 순간에도 '이 또한 청춘이다!'라고 생각을 갖고 스스로를 구박하는 상황에서 넘어가려는 마인드 컨트롤을 한다.

언젠가 몇 년이 지나고 이 글을 다시 읽게 되었을 때에는 '제법 사랑한다, 나 자신'이라고 생각이 든다면 그것 또한 청춘이다.

그저 경기에 임해라. 즐거움을 느끼고, 경기를 즐겨라.
Just play. Have fun. Enjoy the game.

- 마이클 조던

● **박연주**

작은 일상 하나하나를 청춘으로 기록하고자 하는 평범한 대학생입니다.

혼자가 편해도
외로운 건 싫어!

지승훈
◇◇◇◇◇◇◇

"너 대학 가서도 그 성격으로 살 거야?" 고등학교 3학년 시절, 생애 첫 수능을 마친 뒤 한 동급생과 함께 학교에 걸어가는 길이었다. 늘 철저하게 혼자 다니는 나를 도통 이해할 수 없었던 그가 그동안 나에게 쌓아둔 의아심을 도저히 못 숨기겠다는 듯 질문을 던졌다. 하루에 열 마디 이상을 안 하고, 무표정으로 일관하고, 무뚝뚝하게 말하는 것이 일상이었던 그 시절의 나를 되돌아보면 단순히 혼자 다닌다는 이유만으로 저런 질문을 한 건 아닐 것이다. 걱정 섞인 마음에 한 말이라고 생각한다. "응." 그런 건 안중에도 없다는 듯이 나는 짧게 답했다. 체념한 듯한 그의 웃음소리와 함께 대화는 끝났다. 사실상 고등학교 생활 중 그 친구와 가진 마지막 대화였다.

학창시절 전체를 저런 성격으로 지낸 것은 아니다. 초등학생 시절에만 해도 나는 밝고 명랑한 아이였다. 다소 내향적이긴 했어도, 친구들과 함께 놀러 다니거나 익살스럽게 구는 것을 좋아했던, 사교적이고 말 많은 아이였다. 오죽 말이 많았으면 주변으로부터 입 좀 다물라는 핀잔을 들었을 정도다. 문제는 중학생 시절에 시작됐다. 중학교에 입학한 지 얼마 안 됐을 때만 해도 특별한 문제는 없었다. 공부는 원래 안 좋아했으니 차치하고, 초등학생 시절의 성격을 그대로 유지한 채 중학교에 입학했기에 교우관계에도 큰 문제는 없었다. 그러나 학교생활에 어느 정도 적응이 될 무렵부터 나의 학교생활에 한 가지 특이점이 있었다면, 동급생들로부터 거절당한 경험이 많다는 것이다. 예를 들어 같은 반 친구들끼리 단체로 어딘가 놀러 가자고 할 때, 나도 끼고 싶다는 의견을 내면 거절당하기가 일쑤였다. 그중에는 정중한 거절도 있었지만 욕설이나 역정이 담긴 거절도 있었다. 거절의 방식이 어떻든 보통 사람이 거절을 많이 당하면 소외감을 느끼거나 자존감이 낮아지기 마련이고, 나도 그랬다. 그때의 경험들이 타인에게 마음의 문을 닫는 계기가 되었다. 어느 순간부터 거절이나 그에 따른 상처가 두려워 타인을 먼저 밀어내기 시작했다. 혼자 다니는 삶에 익숙해지기까지 그리 오래 걸리진 않았다.

정신분석 이론의 창시자인 프로이트는 성격이 원초아id, 초자아superego, 자아ego 세 가지 체계로 구성된다고 보았다. 원초아가 도덕적으로 위배되는 욕구의 충족을 요구하면, 초자아는 이를 억제하는 양심의 역할을 맡는다. 원초아와 초자아 사이에 갈등이 발생할 경우, 자아는 현실을 고려하여 이를 중재한다. 중재에 실패하면 자아는 스스로 위협을 받는다고 생각하여 불안을 느끼게 되고, 이러한 불안을 덜어내기 위해 방어기제를 사용한다. 중학교 시절의 나는 위와 같은 문제로 힘들어했어도 행여나 일이 커질까 두려워 주변에 도움을 청하지는 못했다. 오히려 방어기제로 상황을 안전하게 넘기기에만 급급했다. 또래 친구들과 친해지고 싶은 욕구가 좌절될 때마다, '혼자 다니면 상처받을 일도 없다'는 식으로 그럴듯한 이유를 덧붙이면서 불안을 회피하였는데 이는 프로이트가 제시한 일곱 가지 방어기제 중 합리화에 해당된다. 방어기제는 적절히 사용하면 인간의 심리나 정신건강을 보호하는 긍정적인 역할을 하지만, 과도한 사용은 사회부적응 등의 부정적인 결과를 초래할 수도 있다. 나의 경우 방어기제를 통해 심리적 안정감을 얻었으나 어디까지나 일시적인 것에 불과하였으며, 결과적으로 과도한 방어기제 사용은 성인이 된 이후에도 사회생활 적응에 지장을 주었다. 굳어 있는 나의 표정이 답답해 보인다며 지적을 받거나, 사람과의 대화가 어렵게 느껴지는 날이 허다했다. 이처럼 학창시절에는 별 문제가 되지 않을 것 같았던 나의 성격이 사회생활에 있어서 걸림돌로 느껴지는 상황을 여러 번 겪고 나서야 비로소 문제점을 인지할 수 있었다.

문제를 인지하고 난 뒤에는 나의 성격에 변화가 필요함을 절실히 느꼈다. 사람의 성격은 어느 정도는 의도적으로 바꿀 수 있지만 그 과정이 쉽지만은 않다. 나 또한 장기간의 노력이 필요했다. 사람들 앞에서 자연스럽게 웃거나, 상대방의 말에 경청하고 반응하는 등, 기존의 경직된 태도에서 벗어나는 것부터 시작했다. 기회가 생기면 모임에 참석하기도 하였다. 변화를 시도할 때마다 어색함이 온몸을 옥죄는 듯했다. 익숙하지 않은 삶에 대한 이질감은 버거웠고, 가끔은 혼자가 편했던 삶으로 되돌아가고 싶은 생각도 들었다. 그렇다고 무작정 포기하지는 않았다. 과거의 삶으로 돌아가기에는 너무 소중한 경험들을 얻었기 때문이다. 지난 몇 년 동안 좋은 사람들을 만나고, 그들과 함께 의미 있는 시간을 보내면서 혼자가 편했던 과거의 내가 얼마나 외로웠는지를 알게 되었다. 사람들과 어울리는 것을 좋아하고, 천진난만했던 어린 시절의 나와 늘 혼자 다니던 내가 대비되는 순간이었다. 응어리처럼 쌓인 외로움을 마주하고 나니 후회가 파도처럼 밀려왔다. 상처받기 싫다는 이유 하나만으로 주변인들과 거리를 두고, 그들과 행복한 추억을 쌓을 수 있는 기회를 스스로 걷어차 버린 과거의 내가 미련해 보였다. 그래서 또다시 과거처럼 미련하게 괴로워하지 말자고 다짐했다. 앞서 언급한 노력들을 오랜 시간 유지함으로써 지금처럼 사람들과 웃으면서 대화할 정도로 성격의 변화를 이끌어 낸 것도 이러한 다짐이 있었기에 가능했다. 외로움은 양날의 검이다. 외로움은 일차적으로 정신건강에 해로울 수 있어도 한편으로는 성장의 발판을 제공해 주기도 한다. 나에게 있어서 성장이란 스스로를 옭아맸던 방어기제로부터의 해방을 의미했다. 나의 감정을 외면하고 방어기제 뒤에 숨으면서 얻었던 안정감이 오히려 날 세상으로부터 단절시킨 우물이었음을, 늦게나마 깨달았다. 지나간 과거는 되돌릴 수 없어도 더 나은 내일을 살기 위해선 먼저 그 우물에서 나와야 했다. 여러 고난들이 있었지만 오랜 세월 부딪히고 버텨낸 끝에 겨우 빠져나올 수 있었고, 지금은 이전보다 행복한 삶을 살고 있다고 자신한다. 물론 나 혼자만의 힘으로 이뤄낸 것은 아니다. 앞에서도 이야기하였듯이 주변의 도움 덕분에 여기까지 올 수 있었다. 평생 잊을 수 없는 빚이라고 생각한다.

혼자가 편한 사람들에 관한 글을 읽을 때마다 세상에 나 같은 사람이 한둘이 아니라는 생각에 안도감을 느끼곤 했다. 나의 글도 누군가에게 안도감을 주고 싶다는 마음에서 시작되었다.

과거 나의 모습과 지금 당신의 모습이 조금이라도 겹쳤다면, 이 글은 당신을 위해 썼음을 밝힌다. 그리고 혼자서 마음고생하지 않아도 괜찮다. 적어도 스스로에게는 솔직해지길 바란다. 혼자는 편하지만 외로운 건 괴롭고, 그래서 평생 혼자일 수는 없다. 세상에는 좋은 사람들이 많으며 당신을 온전히 받아줄 사람도 분명히 있다. 과거의 상처 때문에, 그리고 그 상처가 만든 막연한 불안 때문에 마음의 문을 미리 잠가 둘 필요는 없다. 잠겨진 문을 그대로 방치할수록 좋은 사람과 만날 기회를 놓치고 세상과의 단절은 더욱 심해질 뿐이다. 당신이 해야 할 일은 일단 그 문을 열어 두는 것이다. 시작이 반이라는 말이 있듯이, 열린 문 안으로 들어오는 누군가를 살갑게 맞이하기만 해도 타인에게 지레 겁먹을 필요는 없음을 알게 될 것이다. 그 사람이 나의 인생에 선인인지, 악인인지는 나중에 판단해도 늦지 않다. 장기적으로 볼 때, 약간의 용기는 인생 전체를 바꾸기에 충분하다. 불가능하다고 생각했던 나도 아직은 부족하지만 결국 변화에 성공했고 이는 근본적으로 작은 용기에서 비롯된 결과였다. 그러니 이러한 사실로부터 조금이나마 용기를 얻어 가길 바란다. 내가 느낀 행복은 당신도 느낄 수 있고, 부디 그래 주었으면 좋겠다. 아직 떠오르는 해를 맞이할 날이 더 많은, 당신의 앞날에 건투를 빈다.

지승훈

웃게, 친구. 해가 뜨잖아!

- Robin Williams,

〈박물관이 살아있다: 비밀의 무덤〉

● 지승훈

현실보다 머릿속이 더 바쁜 공상가. 우물 밖 세상에 적응하려고 애쓰는 개구리. 날이 갈수록 어려워지는 세상, 그래도 쉽게 생각하며 살아보렵니다.

완벽과
적당한 거리 유지하기

최유빈
◇◇◇◇◇◇

　매 방학마다 다음 학기 시간표를 짜기 위해 교육과정에서 들어야 할 과목들을 확인한다. 그 과목들의 강의 계획서를 쭉 훑어본다. 그리고는 한숨을 푹 내쉰다. 이는 걱정의 한숨일 때도, 안도의 한숨일 때도 있다. 강의 계획서에 적힌 시험, 개인 과제, 조별 과제의 유무와 개수들이 종합되어 내 한숨의 종류를 결정한다. 시험과 과제는 그 강의를 듣는 학생들 모두에게 똑같이 주어진다. 똑같은 시험, 똑같은 과제를 준비하면서 누구 할 것 없이 모두가 어느 정도의 스트레스는 받을 것이다. 하지만 나는 남들에 비해 그것들에 유독 더 많은 스트레스를 받곤 한다. 나의 완벽주의 성향 때문이다.

시험 전날이다. 봤던 내용을 보고 또 본다. 그래도 불안하다. 평소에 잠도 많고 식욕도 많던 내가 잠이 안 오고 밥맛이 없어진다. 그렇게 아무것도 못 먹고 밤을 꼴딱 새운 뒤 시험을 보러 간다. 시험지를 받고 제출하기 전까지 몇 번이고 검토한다. 그 시험이 쉬운 시험일지라도 말이다. 혹시나 실수해서 A+이 안 나올 것 같아서 말이다. 과제 제출일이다. 내가 작성한 과제를 몇 번이고 확인한다. 다시 읽어보기를 수십 번. 역시나 불안하다. 그 과제가 단순한 과제일지라도 말이다. 조별 과제는 더한다. 내가 맡은 역할이 아니더라도 불만족스러우면 내가 다 다시 해버린다. 원래대로 제출했다가는 A+이 안 나올 것 같아서 말이다. 주변에서는 그 정도면 좋은 성적 받기 충분하다고, 너무 걱정하지 말라고 말한다. 하지만 내 눈에는 완벽해 보이지 않는 것투성이다. 최고의 성적을 받기에는 완벽하지 않아 보인다. 나는 왜 이렇게 완벽함에 집착하는 것일까? 왜 이렇게 좋은 성적에 집착하는 것일까?

사실 처음부터 이렇게 좋은 성적에 집착한 것은 아니다. 대학교에 입학한 첫 학기에는 대입이 끝났다는 사실에 들떠 공부를 거의 하지 않았다. 매일 친구들을 만나고 놀러 다녔다. 공부를 하지 않았으니 학점도 당연히 낮을 수밖에 없었고, 아마 한

학년 전체에서 딱 중간 정도의 등수를 받았던 것으로 기억한다. 나는 어렸을 때 할머니와 같이 살았었는데, 바쁜 부모님보다는 할머니가 내 학업에 더 관심이 많으셨다. 대학생인 지금도 부모님보다는 할머니가 내 성적에 더 관심이 많으시다. 학기가 끝나고 할머니께 전화가 왔다. "첫 학기 성적은 좀 잘 받았니?" 내 등수를 차마 말할 수 없었다. 그냥 대학교에 적응하느라 시험을 잘 못 봤다고만 했다. 할머니는 대학교 4년 내내 성적 장학금을 받고 다닌 사촌 오빠의 얘기를 꺼냈다. 공부를 열심히 해서 성적 장학금을 받는 것이 효도라며 나를 꾸짖었다.

다음 학기 나는 할머니께 꾸중을 듣지 않을 정도의 성적만 받아야겠다는 생각으로 공부를 어느 정도 열심히 하기 시작했다. 근데 우연히 성적 장학금을 받을 만큼의 좋은 성적이 나왔다. 정말 우연이었다. A0가 하나 나오고 나머지 과목은 다 A+이었다. 그때의 등수는 2등이었다. 2등을 해서 다음 학기 학비의 반을 장학금으로 받게 되었다는 사실을 할머니께 제일 먼저 말씀드렸다. 할머니는 내가 성적 장학금을 받았다는 것에 매우 기뻐하셨다. 하지만 2등을 한 것에는 아쉬움을 표하셨다. 2학년에 올라가면서 나는 제대로 공부를 시작했다. 1등을 해보고 싶었기 때문이다. 1등을 하면 할머니가 더 좋아하실 것 같았다. 1등을 하기 위해서 모든 과목에서 A+을 받아야겠다고 생각하였고, 그 생각 하나로 과제도, 시험 준비도 모두 열심히 했다. 노력은 배신하지 않는다고, 정말 모든 과목에서 A+을 받고 1등을 하게 되었다. 할머니는 내가 1등을 했다는 이야기를 듣고 2등을 했을 때보다 훨씬 더 좋아하셨다.

할머니가 그렇게 기뻐하는 모습을 보고 나니, 나는 계속해서 1등을 하고 싶어졌다. 매 학기를 정말 열심히 노력했다. 학년이 올라갈수록 주변 사람들 모두가 공부를 더 열심히 하기 시작했다. 점점 학업 스트레스가 심해졌다. 아픈 날에도, 공부가 너무 하기 싫은 날에도 나는 울면서 공부를 했다. 그렇게 한 학기를 거의 불태우다시피 보내고, 학기가 끝날 때마다 1등이라는 결과 하나만을 할머니께 전달했다. 할머니는 그때마다 좋아하셨다. "우리 손녀딸이 최고네!"라며 호탕하게 웃으셨다. 하지만 할머니는 내가 그 결과물을 얻기까지 얼마나 스트레스를 받고 힘들어했는지 모르실 것이다. '1등을 하지 못해 할머니가 아쉬워하면 어쩌지.'라며 초조해하는 내 모습을 알지 못할 것이다.

이러한 완벽주의 성향은 조작적 조건형성의 결과물이라 볼 수 있다. 조작적 조건형성이란 요구하는 행동이 더 증가되거나 감소되는 것을 목표로 하는 학습이다. 후속 행동에 영향을 미치는 결과의 조작은 크게 강화와 처벌로 나뉜다. 강화란 행동이 다시 일어날 확률을 증가시키는 것을, 처벌이란 행동이 다시 일어날 확률을 감소시키는 것을 의미한다. 내가 할머니께 등수를 제공할 때마다 할머니가 해주신 반응은 나의 행동을 변화시켰다. 할머니가 내 첫 학기 성적을 듣고 잔소리를 하신 것, 2등을 했을 때 아쉬움을 표한 것은 처벌, 1등을 할 때마다 기쁨을 표하며 칭찬을 해주신 것은 강화로 설명할 수 있다. 할머니는 첫 학기에 내가 공부를 하지 않은 것에 꾸중이라는 처벌물을 제공하여 다음 학기에 공부를 하게끔 내 행동을 변화시켰고, 2등을 한 것에 아쉬움이란 반응의 처벌물을 제공하여 그다음 학기 내가 2등이 아닌 1등을 받게끔 행동을 변화시켰다. 1등을 할 때마다 기뻐하며 칭찬을 해주시는 강화물을 제공하여 이후에 내가 1등을 계속 유지하게끔 했다.

할머니는 나에게 결과 위주의 반응을 보인 것이다. 즉 1등을 한 것에만 칭찬을 해주시고, 좋은 성과를 거두지 못한 것에는 비난을 하는 반응을 보이셨다. 심지어는 2등을 한 것에도 칭찬보다는 아쉬움을 크게 표하셨다. 이와 반대로 과정 위주의 반응을 보이는 양육자들도 있다. 이들은 결과보다는 아이가 노력했는지 안 했는지에 따라 반응을 보인다. 이렇게 과정 위주의 반응을 보이는 양육자의 아이는 노력을 중요시하는 사람으로 자라난다. 하지만 나와 같이 결과 위주의 반응을 보이는 양육자의 아이는 오직 결과물만을 중요시 여기는 사람으로 자라난다. 그들은 1등 해야만 된다는 생각 때문에 늘 자신에게 만족하지 못하고 초조해한다.

학습으로부터 형성된 완벽주의 성향은 학습을 통해 벗어날 수 있다. 완벽주의자들이 세운 기준은 매우 높기 때문에 그들 기준에 미치지 못하는 과제물 혹은 시험 성적이 남들 눈에는 훌륭해 보일 수 있다. 나 역시 내 기준에 한참 미치지 못한 과제물을 제출한 적도, 생각보다 시험을 많이 못 봤던 적도 있었다. 하지만 결과적으로는 다 좋은 성적을 거뒀었다. 이러한 경험들, 즉 내 기준에 완벽치 않은 과정들이 충분히 좋은 결과를 만들어내는 경험들은 완벽주의를 덜어주는 계기가 될 수 있다. 나 또한 앞선 경험들을 몇 번 해본 뒤에 완벽주의 성향이 어느 정도 줄어들었고, 그로 인해 스트레스가 많이 감소했다. 나와 같이 완벽주의 성향이 강해 스트레스를 받는 사람들이 완벽과 거리를 유지하는 경험을 해봄으로써 심적으로 편안한 자신을 되찾길 바란다.

홀륭함에 완벽함이 필요한 것은 아니다.
Excellence does not require perfection.

– Henry James

● 최유빈

완벽주의 성향으로 한때는 스트레스를 많이 받았지만 완벽과 적당한 거리
를 유지하는 경험들을 통해 지금은 편안한 나를 되찾았습니다.

나의 결핍된 완벽주의

이지원

당신이 결코 포기할 수 없는 것은 무엇인가? 누군가는 행복이라 하고, 또 누군가는 돈이라 할 것이다. 혹은 가족이나 소중한 사람이라 답하는 이도 있겠다. 나의 경우에 포기할 수 없는 것은 타인의 인정이었다. "너 참 잘한다."라는 말이 무엇보다도 달콤하게 들렸다. 잘한다, 착하다, 예쁘다, 대단하다. 어느 것 하나 놓치기가 싫었고 전부 다 잘하고 싶었다. 칭찬이란 좋은 거라고 처음 배우던 아주 어릴 적부터 훌쩍 자란 지금까지도 나는 인정받고 싶어 목이 마른 사람이었다. 그러나 이제는 인사만 잘해도 칭찬받던 그 시절과 달라서, 칭찬보다는 평가가 익숙해졌고 칭찬을 받더라도 순순히 납득하지 못한다. 우습게도 누군가 건네 온 따듯한 칭찬을 반박하고 의심하는 게 습관이 됐다. 그게 겸손이라고 믿기도 했으나 사실은 스스로의 부족함만이 크게 보였기 때문이었다. 나보다 잘난 다른 사람들의 이야기가 머릿속을 떠나지 않았다.

나는 내가 특별하다고 믿었다. 어린아이들이 흔히 그렇듯 나 또한 먹구름은 조금도 없는 밝은 미래를 그렸으며, 상상 속 나의 미래엔 보장된 성공이 언제나 함께였다. 엄마는 스티브 잡스에 대해 이야기해 주곤 했다. 네가 한 행동들이 지금은 따로따로의 점처럼 보일지라도, 언젠가 연결되어 무언가의 의미를 만들 것이라고, 그러니 결국 무의미한 행동은 없다고 말이다. 그 말은 나에게 마치 주문처럼 들렸다. 지금 내가 하는 일들은 결코 쓸데없지 않으며, 결국 나의 모든 점들은 언젠가 성공으로 이어질 거야. 하지만 믿음에는 위협이 따르는 법이다. 세상은 나 혼자만의 독무대가 아니었고, 사람들은 각자의 인생에서 빛나기 위해 고군분투였다. 뭐든 잘하는 사람이고 싶었지만 실상은 우리 학교에서조차 나보다 성적이 좋은 아이들은 많았고, 학교 밖을 벗어나면 공부 잘하는 애들은 셀 수도 없었다. 선생님들은 입버릇처럼 말했다. "학교 안에서 경쟁하는 거 아니야. 수능은 전국에 공부 잘하는 애들이랑 다 같이 경쟁하는 거야."

사회는 나에게 꿈을 가지라 말하면서 동시에 현실을 보라 했다. 꿈은 크게 가질수록 좋지만, 지금 네 자리는 고작 여기라는 걸 알아야 해. 더 큰 성공, 더 높은 목표를 바라보며 동시에 나는 내가 그로부터 얼마나 멀리 있는지를 실감했다. 성적도, 성격도, 외모도 그 어느 것도 나의 특별함이 될 수 있을 것 같지는 않았다. 더 나은 사람들은 언제나 있기 마련이었다. 아프게 나는 특별하지 않다는 것을 깨달았다. 사람이 지닌 가치란 결코 0에서 100까지의 선상에 놓고 점수로 평가할 수 없는 것들이지만, 그 시절의 나는 알지 못했다. 내가 아무리 잘했더라도 나보다 잘한 사람이 있으면 결국 내가 그 사람보다 못했다는 데에만 몰두했다. 심지어 나는 내가 아닌 타인마저 재단하고 평가하고 있었다. 누군가 잘해서 칭찬을 받더라도, 그보다 잘하는 사람들은 많다며 속으론 진심으로 축하하지 못했다. 스스로의 자존심을 지키기 위한 못난 자기보호였다.

나의 엄격하고도 비뚤어진 잣대는 나만을 향한 게 아니었다. 안으로는 나를 채찍질하며 현재에 만족할 수 없게 했고, 밖으로는 타인을 너그러운 시선으로 보지 못하고 나의 부족함을 투영했다. 내가 완벽주의라는 것을 언젠가 깨달았다. 과거 나에게 완벽주의란 단어는 마치 깐깐하지만 실력은 누구도 의심할 수 없어 다들 존경하는 그런 사람에게나 어울릴 법한 멋진 느낌으로 들렸지만, 실상은 전혀 달랐다. 완벽주의는 완벽한 상태가 있다고 믿는 신념이라고 한다. 즉 완벽한 상태는 실재하지 않는다. 그렇다면 실체도 없는 완벽함이란 기준에 나를 가둔 건 무엇이었을까? 경쟁과 비교를 부추기는 이 사회였을까, 아니면 나 자신이었을까. 나는 무엇을 원망해야 할지 몰랐고, 무엇을 원망하더라도 소용없었다. 결국 해야 할 일은 하나였다. 완벽함이란 없다는 사실을 인정하는 것이었다.

완벽이란 흠이 없는 구슬이란 뜻이다. 사람으로 치면 아주 작은 흠조차 보이지 않는, 만화나 영화에나 나올 법한 인물이라 할 수 있겠다. 능력 있고, 집안 좋고, 외모도 뛰어난데 심지어 성격까지 좋은 그런 사람 말이다. 하지만 대부분의 만화나 영화에선 결국 완벽해 보이던 사람도 언젠가는 결핍을 드러낸다. 그리고 무엇보다도 사람들이 그 인물을 사랑하게 되는 순간 역시 그 지점이다. 실제로 그렇게 영화 속 인물처럼 모든 방면에서 완벽한 게 아니더라도, 사람들은 저마다 완벽을 추구하는 분야가 있다. 그리고 대개 완벽함이라 믿는 것 안에 그 사람이 중요하게 생각하는 가치관이 담겨 있다. 다른 말로, 개인이 추구하는 완벽함이란 그 자신의 이상이다. 누구에게나 실현하고 싶은 이상은 있기 마련이지만, 그 이상이 현실과 얼마나 멀리 떨어져 있는지와 이상에 닿고 싶은 마음이 얼마나 간절한지는 모두 다르다. 슬프게도 마음이 간절할수록 실패는 고통스럽다. 이상이 현실에서 멀리 떨어져 있을수록 내가 있는 이곳은 지옥이 된다.

"나는 누구인가?" 아마도 이 질문을 맨 처음 떠올린 순간을 기억하는 사람은 없을 것이다. 아주 어릴 때부터 인간은 자신에 대해 질문하기 시작한다. 나는 누구이며, 무엇을 좋아하는가? 아이들은 생애 초기부터 자기 자신과 자신의 행동에 대한 평가를 시작하며, 행동이 때론 좋고 때론 나쁠 수도 있다는 걸 배운다. 이러한 과정 속에서 아이들은 내가 누구인지에 대한 판단과 인식이 모아진 자기개념을 발달시키는 동시에 내가 되고 싶은 나, 즉 이상적 자기를 형성한다. 이 자기개념과 이상적 자기 사이의 괴리가 큰 사람일수록 정신적 괴로움을 많이 느낀다고 한다. 국내 1, 2위를 다투는 명문대에 입학하고 싶지만 자신의 성적으로는 인서울도 어려움을 아는 수험생과 이름만 들으면 모두 아는 대기업에 다니고 싶지만 실상은 서류에서 번번이 탈락하는 취업 준비생이 느낄 심리적 부담감과 고통은 말로 다 할 수 없을 정도일 것이다. 나 또한 이상적 자기가 현실의 나에 비해 너무나도 크고 높은 사람이었다. 그게 나를 괴롭게 하는 원인임은 진작 알았지만, 이상을 낮추는 것은 죽기보다 싫었다. 현실은 보지 못하고 이상만 좇다 보니, 버거워지고 좌절하게 되는 건 당연한 일이었다. 결국 현실 속에 방치된 나는 점점 더 초라하고 보잘것없는 존재가 되어갔다. 스스로의 인정도 받지 못한 채 완벽함이라는 기준에 맞지 않는다는 이유로 계속해서 깎아져 내려진 나는, 최소한의 자존감마저 잃어버렸던 것이다.

　나는 이상을 지키기 이전에, 나 자신을 지켰어야 했다. 목표에 도달하기 위해 내가 나의 부족함을 부끄러워하는 것보다도 했어야 하는 일은 부족함을 인정하는 것이었다. 거기에서부터 성장은 시작되며 나는 나를 싫어하지 않을 수 있다. 하지만 그럼에도 불구하고, 잘하고 싶은 마음은 나쁘지 않다. 수많은 이상과 목표들도 나쁜 게 아니다. 나는 나의 강박적인 완벽주의와 이상이 나를 괴롭히기도 했지만, 분명히 나를 성장하게도 했음을 안다. 사람들은 자신이 조금도 소중히 하지 않는 것을 잃어버렸다 해서 눈물 흘리지 않는다. 고통을 감수하면서까지 지켜온 나의 이상과 꿈은 소중하고 가치 있는 것이다. 다만, 자기개념에 대해 설명한 칼 로저스는 역설적이게도 내가 있는 그대로의 나를 받아들일 때 변화할 수 있다고 말했다. 내가 나의 이상적 자기에 가까워지려 현실의 나를 다그치는 것이 아니라, 오히려 있는 그대로 바라봐 줄 때 변화가 일어난다는 것이다. 그러니 나의 이상을 지켜나가되, 나 자신을 잃어버리지 말자. 지금, 여기에 나는 존재하고 있다.

인생에서 가장 큰 영광은
넘어지지 않는 것에 있는 것이 아니라
매번 일어서는 데에 있다.

- 넬슨 만델라

● 이지원

삶을 알기 위해 나를 들여다보고, 나를 알기 위해 삶을 들여다봅니다. 글을
통해 세상과 사람들과 소통하고 싶습니다.

◎ jwnofmay

어른이 되는 법

김세빈

어린 시절 나는 하루라도 빨리 성인이 되기를 바랐다. 초등학교 6년은 영원히 끝나지 않을 것만 같았고, 중학교에 입학했을 때는 고등학교 졸업까지 6년이 남았다는 사실에 막막함을 느꼈다. 그리고 성인이 된 지금의 나는 그 시절 내가 되고 싶었던 것은 성인이 아니라 어른이었음을 깨달았다.

어린 시절의 나는 내가 하고 싶고, 배우고 싶은 것을 스스로 결정할 수 있는 성인이 되면 행복할 줄 알았다. 많은 아이들이 그렇듯이 하루가 다르게 꿈이 바뀌었고, 하고 싶은 것도, 배우고 싶은 것도 많았지만, 심리학을 배워서 정신건강 임상심리사가 되고 싶다는 명확한 희망 진로를 정한 이후로는 빨리 성인이 되고, 대학에 가서 그 꿈을 이루고 싶었다.

하지만 고등학교 진학 이후부터는 스스로 결정한다는 것이 어린 시절 내가 꿈꿔온 것처럼 좋기만 한 것은 아니라는 사실을 느끼기 시작했다. 대학교 입시를 준비하면서 스스로 결정하고 행동하는 것은, 곧 스스로 책임져야만 하는 것임을 경험했기 때문이다. 별생각 없이 했던 활동이나 선택이 나중에 좋은 경험과 기회가 되기도 했고, 큰 후회를 가져오기도 했다. 내 선택과 행동 하나하나가, 지금 이 순간들로 인해 내 미래가 바뀐다는 것이 얼마나 많은 불안과 후회를 가져오는지에 대해 조금씩 느끼기 시작했다. 그렇지만 당시 나는 미성년자이자 고등학생 신분이었기 때문에 대학교 진학과 관련하여 모든 과정에서 학교와 선생님, 부모님 등의 어른들로부터 많은 조언과 도움을 받을 수 있었고, 주변 친구들도 모두 나와 같은 고민과 과정을 밟고 있었기 때문에 불안이나 후회는 있을지라도 진정으로 깨닫지는 못했다.

대학 입시를 마치고 나서야 주변을 돌아볼 수 있었다. 대학교 입시가 막 끝난 그때는, 당시 유행하던 코로나가 심각해지면서 외출을 하거나 누군가를 만나는 것이 쉽지 않았다. 입학에 대한 설렘이나, 친구들과의 연락도 잠시일 뿐, 대부분의 시간을 침대에서 휴대폰을 하거나 무의미하게 보내며, 점점 무기력해지고 생각이 깊어졌다.

　주변에 대학교 입시를 준비하느라 연락이 뜸해져서 사이가 멀어졌거나, 재수를 준비하거나, 합격은 했으나 원하던 대학이 아니라 힘들어하던 친구들이 많았기 때문에 친구들과 만나는 것도 쉽지 않았다. 함께 공부하고 생활했던 친구가 우울해하고 힘들어하는 모습을 보는 것은 나에게도 많은 영향을 주었고, 처음으로 중학교 1학년 때부터 명확했던 꿈과 진로에 대한 의문과 불안이 생겼다.

　고등학생 시절 너무나도 명확하고, 누구보다 자신의 진로에 대해 열정적이던 친구가 타의에 의해 진로를 바꾸는 모습, 코로나로 인해 입시를 마치면 하고자 했던 계획들을 하지 못한 채 무기력하고 우울하게 집에만 있는 내 모습을 보며, 인생에 있어서 외부의 영향과 조건이 내 선택과 노력보다 큰 영향을 미치는 것은 아닌지, 내 선택과 노력이 큰 의미가 있는 것인지 계속해서 의문이 들었다. 그리고 이러한 의문은 나를 점점 무기력하고, 계속해서 지난 과거를 떠올리며 후회하게 했으며, 순간의 의문은 해결되지 못한 채 이어지다 2년 반이 지난 지금에서야 조금씩 벗어날 수 있게 되었다.

　성인 성장과 발달에 있어, 개인차를 설명하기 위해 고안된 Waddington의 운하화 개념을 빌려와 적용할 수 있다. 어떤 산

정상에 바위가 하나 있고, 그 바위가 여러 도랑과 협곡을 따라 산 밑으로 내려간다고 상상해 보자. 산의 정상에서 산 밑까지 내려오는 시간의 흐름을 성인 초기부터 후기 노년기까지의 연령 변화이고, 도랑과 협곡을 따라 내려온 곳의 위치는 성공, 건강, 높은 만족도 또는 낮은 만족도 등과 같은 성인기 삶의 결과를 의미한다.

사람들은 모두 같은 산을 내려가고 있지만, 산 밑으로 내려오는 경로는 모두 다르다. 삶의 성공을 예측하는 데 있어 침착함, 책임성, 개방적이고 지적으로 유능한 부모와 같이 여러 중요한 부분들이 존재하고, 이외에도 문화적, 역사적, 건강 변화와 같은 여러 환경 변화에 의해 도랑은 계속해서 반응하고 다른 여러 길로 갈라진다.

사람의 인생은 시작점의 영향을 받지만 그 과정에서의 개인의 선택과 경험을 통해 많은 것들이 변화하며, 성공적인 삶은 요람에서 무덤까지 평생에 걸친 수십 년간의 선택과 기회를 거쳐 이루어지는 것이다. 인생에 있어서 외부의 영향과 조건이 내 선택과 노력보다 더 큰 영향을 미칠 수 있고, 개인의 선택과 노력이 큰 의미가 없을 때가 있을 수 있다. 그리고 이러한 것들로 무기력하고 후회하는 나날도 있을 수 있다. 하지만 사람의 인생은 그렇지 않을 때도 반드시 온다. 무기력하고 후회하고, 우울할 때는 그 순간이 영원할 것만 같지만 사실 그렇지 않으며, 인생의 결과는 인생을 다 살아봤을 때 비로소 알 수 있다는 것이 성인기 발달의 핵심인 것이다.

발달심리학이나 인간 발달을 관통하는 단 하나의 문장을 뽑자면 바로 요람에서 무덤까지다. 인간 발달은 탄생부터 죽음까지 이어지며, 인간 발달의 각 단계는 이전 단계의 영향을 받고 앞으로 다가올 단계에 영향을 미친다. 각 발달 단계는 나름대로의 독특한 가치와 특성이 있으므로 인생에서 어느 단계도 다른 단계보다 더 중요하거나 덜 중요하지 않다. 지금은 후회스럽고 무의미하고, 실패한 것만 같을지라도 모두 가치와 의미를 가지는 경험이다.

어린 시절의 나는 내가 하고 싶고, 배우고 싶은 것을 스스로 결정할 수 있는 성인이 되면 행복할 줄 알았다. 그리고 성인이 된 나는 내가 한 행동과 선택을 스스로 수용하고 책임지는 어른이 되고 싶다. 이 글을 적는 지금 이 순간에도 후회하는 것들이 많다. 하지만 지난 2년 반 동안과는 달리 이제는 지금 이 후회는 영원하지 않으며, 이 후회 또한 나름대로의 가치와 의미가 있음을 안다. 때로는 넘어지고, 때로는 헤매고, 때로는 멈출지라도 포기하지 않고 충실하게 산을 내려가는 것이 어른이 되는 방법이 아닐까 싶다.

왜 살아야 하는지 아는 사람은
그 어떤 상황도 견딜 수 있다.

- 프리드리히 니체

● 김세빈

많이 서툴고, 부족한 점이 많지만, 후회하기보다는 나아가는 삶을 살고자
한다. 결과뿐만 아니라 과정에서도 사소한 행복을 찾으며 살고 싶다.

언젠가 홀로
걸을 수 있도록

나만 홀로 남겨두고 모두가 성큼성큼 나아가는 것 같을 때, 다른 모두는 멋진 어른이 되어가는데 나만 어린아이인 채로 남아 있는 듯한 느낌이 들 때. 다들 한 번쯤은 있지 않았을까? 나는 그럴 때마다 '나는 지금 뒤처져 있는 것이 아니야. 똑바로 나아갈 수 있도록 잠시 멈춰 지도를 살피고 있는 거야.' 하고 속으로 되뇌곤 한다.

나에게도 20대 초반은 격동과 불안의 시기였다. 남들보다 조금 늦게 시작한 대학 생활은 모든 게 낯설었고, 갑작스레 주어진 자유는 그저 나를 불안하게 만들뿐이었다. 심지어 어린 나이에 희귀성 난치병까지 발병하고, 툭하면 쓰러져 병원에 실려 가곤 했다. 다른 친구들은 군대도 다녀오고 졸업을 눈앞에 뒀지만 나는 병상에 누운 휴학생 신세였다.

그 어느 때보다 자유롭고 활기차게 보내야 할 인생의 봄을 나는 누리지 못하고 있다는 생각이 들었다. 겨우 몸을 추스르고 학교에 복학했을 때는 모두가 진지하게 미래를 고민하고 있었다. 청춘을 즐기지 못한 아쉬움을 느낄 새도 없이 불확실한 미래에 대한 불안감이 나를 덮쳐왔다. 성인이 되고 마땅히 내세울 경험 하나 없이 침대에 누워만 있던 나였다. 당연히 앞으로의 인생계획은 물론 지금 당장 내가 무얼 해야 하는지 그리고 무얼 하고 싶은지조차 알 턱이 없었다. 나쁜 일을 저지른 것도 아닌데 추석에 친척들을 만나면 괜히 눈치가 보였다. 내 인생에서 나는 주인공이 아니라 죄인이었다.

세상이 나만 두고 앞으로 나아가는 것만 같은 느낌이었다. 나는 아직 주어진 과제 하나 기한 내에 끝내지 못하는데, 토익 점수며, 진로 설정이며, 대외활동이며 그 많은 일들을 척척 해내는 친구, 동기들이 모두 초인처럼 보이기까지 했으니까 말이다. 모두가 나를 다 큰 어른 취급했지만, 사실 나는 멋진 어른들 사이에 홀로 남겨진 철없는 사춘기 소년일 뿐이었다.

나만 홀로 뒤처지는 듯한 느낌에 주눅 들었고, 길을 잃은 미아가 된 듯한 느낌에 두려웠다. 그러나 많은 시간이 지난 후에 돌아보니 이제는 자신 있게 말할 수 있을 것 같다. 그 깊은 불안과 고민이 나의 20대에서 가장 가치 있고 소중한 일이었다.

심리학자 에릭슨Erik Erikson은 인간이란 태어나서부터 죽을 때까지 전 생애에 걸쳐 계속해서 발달하는 존재라고 생각했다. 그의 이론에 따르면, 우리는 유아기에서 노년기에 이르기까지 각 시기에 주어진 발달과업을 해결하여야 심리적 결손을 겪지 않고 다음 단계로 진입할 수 있다. 예를 들어, 학령기6~14세에 '과제를 수행하는 즐거움'을 무사히 학습한다면 자신감을, 그렇지 못하면 열등감을 가진 채로 다음 단계인 청소년기10~20대로 진입하게 된다.

그렇다면 우리가 치열하게 고민하고 힘겨워했던 10대 후반부터 20대 초반의 과제는 무엇일까? 바로 '정체성 확립'이라고 에릭슨은 말한다. 나란 사람은 어떤 사람인지, 무엇을 할 수 있는지, 인생에서 어떤 역할을 맡고 싶은지 탐색하는 과정이라고 말할 수 있다. 이렇게 자기 자신을 정교화하는 작업을 충분히 거치고 나서야 우리는 비로소 일생 동안 지속되는 정체성을 획득할 수 있다. 그토록 오랜 고민과 불안의 여정이 모두 우리의 정체성을 찾아 나가는 과정이었던 것이다.

이 정체성 확립에 실패한다면 우리는 역할혼미를 마주하게 된다. 역할혼미란 자신에 대한 확신이 없는 상황을 말한다. 과연 나다운 것이 무엇인지, 내가 과연 무슨 일을 할 수 있을지에 대해 답을 내지 못한 상태라고 볼 수 있다. 우리가 정말로 우려했던, '홀로 남아 길을 잃는' 상황이라 감히 말할 수 있겠다.

반대로 생각해 보면, 인생에서 길을 잃지 않기 위해서는 나 자신과 직면하고 내면을 들여다보는 시간이 반드시 필요한 것이다. 인생이란 길에서 미아가 될까 봐 걱정하며 그토록 불안해하고 힘겨워했던 나날이 사실은 올바른 길에 들어서기 위한 여정이었다니. 정말 아이러니하지 않은가?

이 사실을 깨닫고 나는 실소를 터뜨렸다. 나는 미아가 아니라 자신만의 길을 개척하는 모험가였던 것이다. 모험가가 잠시 멈춰 지도를 보는 일을 그 누가 어리석고 뒤처졌다고 말하겠는가? 길을 걷다 잠시 멈춰 샛별의 아름다움을 감상하는 것을 그 누가 시간 낭비 취급하겠는가? 그 많은 방황의 나날이 나를 인생의 주인공으로 만드는 과정이었다니…. 그동안의 마음고생이 한순간에 보상받은 기분이었다.

이런 생각을 하게 된 이후부터 나는 방황과 배회가 탐색과 모험으로 느껴지기 시작했다. 그러므로 나와 같은 고민을 하는 사람이 있다면 자신이 누구인지, 어떤 역할을 맡기를 원하는지 마음껏 고민하며 힘들어해 보길 바란다. 치열하게 고민하고 불안해했던 시간은 양분이 되어 결국 우리 인생에 깊게 내린 뿌리가 되어줄 것이다.

불안의 여정을 한발 먼저 걸어온 나는 지금 힘들어하는 여러분들에게 확신을 가지고 말할 수 있다. 마음껏 힘들어해도 괜찮다는 것을 말이다. 잠시 멈춰 서고 두려워해도 큰일 나지 않는다. 앞으로의 인생은 갈수록 더 편안하고 따뜻한 여정이 될 것이 분명하다. 적어도 지금 우리가 힘겨워한 만큼은 말이다.

가끔 인생의 짐이 너무 버겁거나 나 홀로 남겨진 듯한 기분에 마음이 초조하고 불안할 때면 나처럼 되뇌어 보길 권한다. "나는 지금 뒤처져 있는 것이 아니야. 똑바로 나아갈 수 있도록 잠시 멈춰 지도를 살피고 있는 거야. 언젠가 멋지게 홀로 걸을 수 있도록."

춤추는 별을 잉태하려면

반드시 스스로의 내면에 혼돈을 지녀야 한다.

You need chaos in your soul

to give birth to a dancing star.

– 프리드리히 니체

● **임수영**

음악과 시, 운동을 좋아하는 대학생.
몸과 마음의 균형이 가장 중요하다고 믿고 있습니다.

2장

내일의 나를
만들어 갑니다

미뤄둔 삶 속의
사랑을 되찾았다

류지민
◇◇◇◇◇◇◇

　취업이라는 것은 추석날 어른들의 입에서도, 뉴스에서도 어렵고 무시무시하게 표현된다. 나는 지금까지 단순히 대부분의 사람들이 겪는 과정이라고만 생각하였다. 누군가는 채용을 기업과 가장 잘 맞는 인재를 뽑는 것이라고 하지만 취업 준비생들에게 채용은 내가 떨어질 수도 있는, 경쟁의 한 과정일 뿐이다. 취업은 경쟁이고, 경쟁은 곧 비교이다. 그래서 내게 취업 준비는 끝없는 남과의 비교 과정처럼 와닿았다. 다른 사람들은 공모전, 대외활동, 수상 경력, 학점, 어학 능력, 자격증까지 갖추고 있다고 한다. 게다가 이처럼 완벽해 보이는 사람들은 여행, 우정, 사랑, 추억까지 다 가지고 있는 것 같다. 처음 그들의 이야기를 들었을 때부터 지금까지 '그걸 다 하는 사람이 있다고?'라는 생각들로 가득하다. 어디서 그렇게 정보들을 잘 찾고, 모든 걸 다 준비할 수 있었을까. 놀기에도 바쁜 청춘이 아니었나? 혹시 그들에게만 48시간이 주어지는 건 아닐까? 이렇게 다 갖춘 그들과의 비교는 날 끝없이 작아지게 만들었다.

나는 어렸을 때부터 욕심으로 가득한 사람이었다. 내가 맡은 일은 다 완벽했으면 하고, 남들에게 인정받기를 원한다. 분명 평생 그렇게 살아왔던 것 같은데, 열정 같았던 이 욕심이 정말 욕심 그 자체로 다가오기 시작했다. 정신을 차려보니 멋진 딸과 동생, 다정한 친구, 똑 부러진 학생회장, 자랑스러운 선배 등 내가 맡은 역할이 꽤나 많았다.

한동안은 시간에 쫓기며 살아갔다. 한순간도 흘려보내면 안 될 것 같다는 생각에 정신없이 살았다. 매일 시간별로 쪼개어 계획을 세우고, 긴 통학 시간에 이런저런 일을 해야 했다. 쉬는 것은 사치이고, 나는 뒤처져 있기 때문에 무엇이든 해야 한다고 생각했다. 몇몇 사람들은 열심히 하는 모습이 멋있다고 말했지만, 내가 느끼기엔 특별히 잘한다기보다는 이상한 사람이었다. 별것 하는 거 없으면서 바쁘기만 한 사람 같았다. 성취감을 느끼지 못하고 그냥 열심히 하면 다 잘 된다는 마음으로 살았다.

뿌듯한 마음보다 쓸쓸하고 갑갑한 마음만 가득해서 그런지 몇 몇 친구들은 내 표정이 어둡다며 걱정을 건넸다.

열심히 살다가 SNS를 들어갔을 때 마주하는 세상은 부럽기만 하다. 어쩜 그렇게 다들 멋들어진 가게에서 다양한 사람들과 술을 주고받는지, 다들 행복하고 예뻐 보였다. 그 순간만큼은 완벽한 스펙을 가지고 있는 사람들보다 술만 들이켜는 친구들이 더 부러웠다. 큰 걱정 없이 친구들과 떠들고 놀았던 과거가 계속 떠올랐다. 어디선가 어른이 되는 것은 무엇인가를 포기하는 과정이라는 말을 들었던 적이 있다. 나는 술 마시러 어른이 된 줄 알았는데 내가 포기해야 하는 것이 술이었던 건가?

시간을 쪼개며 좋은 스펙을 만든 사람도 부럽고, 당장 현실의 재미와 추억을 만드는 사람도 부러웠다. 부러움의 감정은 더이상 긍정적 시너지를 만들지 못하고 날 지치게 만들었다. 이 갑갑한 마음을 해결하고자 매일매일 고민했다. 사실 해결법은 간단하다. 그냥 좀 덜 잘하면 된다. 할 수 있는 만큼만 하고 대충 살면 된다. 그렇게 하기 싫은 나 같은 사람이 선택할 수 있는 방법은 선택과 집중 하나뿐이다. 너무 뻔한 결론일 수 있지만, 뻔한 만큼 가장 정답에 가까운 선택지인 것 같다. 해야 하는 것을 하는 것도 중요하지만, 잘 놀고 잘 쉬는 것도 중요하다.

놀 땐 놀아야 한다는 것은 조작적 조건형성의 정적 강화로 설명할 수 있다. 먼저, 강화란 조작적 조건형성에서 행동을 강력하게 만드는 사건을 의미한다. 정적 강화는 행동 뒤에 긍정적인 특정 자극을 제공함으로써 선행하는 행동을 증가시키는 것이다. 열심히 일을 한 후에 나에게 쉼을 주며 열심히 일을 하는 행위를 증가시키는 것이다. 어쩌면 나는 쉼이라는 보상을 위해 해야 할 일을 하는 것일지도 모른다! 일하지 않고 놀기만 하는 것과 쉬지 않고 일만 하는 것 모두 불가능한 일이다. 스스로에게 적절한 보상을 주며 하나씩 해나가는 것이 최선이다.

쉬는 것에 죄책감을 느꼈던 어리석은 과거의 나에게 쉬는 것은 열심히 일한 것에 대한 보상으로 주어지는 긍정적인 자극이라고 말해주고 싶다. 그리고 쉼에서 수많은 사랑을 배운다고 알려주고 싶다. 가족, 친구, 자연, 동물, 세상의 모든 것에 대한 사랑은 쉼에서 시작한다. 잠시 미뤄두었지만, 항상 우리의 삶의 구석구석을 채우고 있었던 사랑, 함께하는 시간과 추억, 마음의 여유를 찾아오자.

자연스럽게 쉼과 일의 중간 지점을 찾고 적응해 나가는 사람들도 있을 텐데, 나는 유독 고민이 많았다. 하지만 그 성장통 덕분에 이전의 나보다 더 열심히 일하고, 더 마음 편히 쉴 수 있게 되었다. 고민했던 만큼 나의 쉼과 일에 확신을 가질 수 있게 되었다. 내가 보내는 모든 시간들에 대한 확신은 모든 순간에 충실할 수 있도록 도와주었고, 덕분에 이제는 모든 삶의 순간들이 단단해졌다. 나의 쉼을 외면하려는 순간이 다시 찾아와도, 견고하게 나를 지킬 수 있게 되었다. 성취감을 잃은 채 성취를 위해 강박적으로 매일을 살아가는 일은 내 인생에 두 번 다시는 없을 것이다.

이렇게 나는 잠시 잊고 있었던, 미뤄둔 내 삶 속의 사랑을 되찾았다.

나의 팍팍한 취업 준비는 이제 시작이다. 앞으로 다른 사람과의 경쟁, 비교에서 우리는 또 스스로가 초라하고 작아질 수도 있을 것이다. 그때 우리에게 가장 중요한 것은 모든 순간에 집중하고, 나만의 시간을 만들어 나가는 것이다. 쉼과 일, 삶의 모든 순간에 충실하자. 시간에 쫓기지 않고 매 순간 최선을 다해서 일하자. 잊지 말고 스스로에게 적절한 보상을 주자.

남들의 평가와 인정에 눈이 멀어, 우리 삶 속의 사랑을 잃지 말자.

휴식은 게으름도, 멈춤도 아니다.

- 헨리 포드

● 류지민

사랑이 세상을 지배한다! 가족, 친구, 자연, 동물. 세상 모든 것들을 사랑합
니다.

_____ 류지민

지금도 충분히
잘하고 있는 너에게

장한별

오전 6시, 조용한 방 안을 가득 메우는 알람 소리에 이끌려 눈을 뜬다. 눈을 뜨고 난 후에는 왠지 모르게 막연히 불안해진다. 이는 취업 준비를 할 시기가 다가온 이후부터 나에게 생긴 하나의 변화이다. 불안함을 없애기 위해 나는 책상 앞으로 간다. 책상 위에는 수많은 메모지가 붙여져 있다. 지금까지 이룬 일과, 앞으로 할 일이 무의미하게 나열된 메모지를 보며 약간이나마 불안감이 감소하는 기분을 느낀다. 그렇기에 나는 불안해질 때마다 메모지를 본다. 이런 불안함의 근본적인 원인은 잘 모르겠다. 다만, 한 가지 확실한 건 불안함이 나의 하루를 잡아먹는 순간마다 나는 강박적으로 메모지를 본다는 것이다.

오후 1시, 오랜만에 대학교 동기들을 만났다. 만나서 하는 이야기들은 다들 비슷했다. 요즘은 어떻게 살아가고 있는지, 취업 준비는 잘 되어가는지 등 20대를 겪은 사람들이라면 한 번쯤은 흔히 해보았을 대화를 나누었다. 동기 중 누구는 대기업 인턴을 하고 있고, 누구는 원하던 자격증을 취득했고, 누구는 공모전에서 수상을 했고, 모두가 자신의 꿈을 향해 달려나가는, 취업 준비를 위해 노력하는 모습을 볼 수 있었다. 그리고 그것을 말하는 그 아이들의 눈동자는 아름답게 빛나고 있었다. 하지만 나는 그 아이들과 달랐다. 뭐하나 내세울 만한 것도 없고, 얘기를 들을수록 내가 재능이 없는 걸까, 나의 노력이 부족했던 걸까 생각하며 그 만남에서 나라는 존재는 점점 작아지고 있었다. 너는 어떻게 지내냐는 한 동기의 물음에 그냥저냥 살고 있다고 대답할 수밖에 없었다. 다들 너무 열심히 달려가는데, 그에 비해 나만 여전히 제자리인 것만 같았다. 나의 눈동자는 그 아이들과 같은 빛이 나지 않았다. 그래서 나는 빛이 꺼져버린 눈동자로, 또다시 메모지를 보았다.

오후 7시, 하루를 마치고 불이 꺼진 작고 조용한 방으로 돌아왔다. 방 안으로 들어오자마자 나는 불을 켜지도 않은 채 다시 메모지가 붙어 있는 책상 앞으로 갔다. 오늘 하루, 메모지를 본

횟수는 셀 수 없을 정도로 많았다. 이미 완료한 일이라도 수십 번은 다시 확인하고, 다른 일을 하는 중이라도 불안해지면 또다시 강박적으로 메모지를 확인하는 나날을 반복하며 하루를 보내던 중, 이런 불안을 나만 느끼는 걸까, 스스로가 이상한 걸까 생각이 들 때쯤 우연히 TV에서 흘러나온 뉴스의 아나운서 목소리가 유독 또렷하게 들렸다.

갈수록 어려워지는 취업과 스펙 쌓기로 점철된 대학 생활이 주는 스트레스로 인해 강박장애를 호소하는 20대가 급격히 늘어났다. 그 배경으로 전문가들은 대학생들이 느끼는 미래에 대한 불안감을 예로 들었다. 20대는 막 청소년기를 벗어나 성인에게 주어진 역할을 수행하게 되는 시기이며 미래와 취업에 대한 불안감, 어려움 및 부담 등이 스트레스로 작용해 20대들의 강박장애가 심화하고 있다.

그 순간 알 수 없었던 불안함의 근본적인 원인을, 나만 이런 불안함을 느끼는 것은 아니었다는 것을 깨달았다. 내가 가진 불안감이, 내가 겪고 있던 하루가, 어쩌면 지금의 네가 겪고 있을 불안감과 하루가 혼자만의 것이 아니었음을, 이 글을 읽고 있는 나와 닮아 있는 사람들에게 전해주고 싶었다.

강박장애라는 개념은 일상생활 속에서도 흔히 들어보았을 것이다. 하지만 나 또한 그랬듯 스스로가 강박장애임을 아는 사람은 많지 않다. 이 글을 읽고 있는 사람들도 자신이 강박장애인지도 모른 채 하루하루를 불안감과 싸우며, 이 불안감을 이겨내려고 발버둥 치고 있었을지도 모른다. 강박장애는 자신의 의지와는 상관없이 떠오르는 강박사고로 인해 강박행동을 반복하게 되는 정신장애이다.

강박장애를 알게 된 후, 가장 먼저 떠오른 생각은 강박행동도 결국엔 강박사고를 없애기 위해 스스로가 노력한 결과이지 않을까 하는 생각이었다.

사실 나는 노력이라는 말을 별로 좋아하지 않는다. 나에게 있어 노력은 항상 선택이 아니라 필수였기 때문이다. 특출난 재능을 아직 찾지 못한 나에게 있어 노력으로 재능을 메우는 일은 익숙했고, 당연했다. 그렇기에 누군가가 나의 재능에 관해 물어보면 노력하는 것이라고 답변하는 그런 사람이었다. 모순되게도 나는 노력을 좋아하지 않지만, 누구보다도 노력을 잘하는 사람이 되고 싶었다.

이런 내가 취업 준비를 하며 가장 많이 든 생각은 나는 잘하고 있는가였다. 남들보다 2배, 3배는 더 노력해서 잘하고 싶었는데, 현실은 쉽지 않았다. 내가 한 발짝 올라가면 이미 다른 사람들은 두 발짝, 세 발짝은 앞서고 있었다. 그렇기에 나는 나의 유일한 재능이라고 생각했던 노력을 의심할 수밖에 없었다. 나 자신을 더욱 채찍질하여 조금 더, 조금만 더 열심히 노력해야 한다고 생각했으며, 그렇게 해야 할 일들을 계속 메모지에 적게 되었고, 일상 속 불안함이 들 때 메모지를 보는 강박행동을 반복하게 되었다. 이런 불안감의 근본적인 시발점은 정해지지 않은 미래에 대한 막연한 불안함과 남들보다 뒤처져 있기에 더욱 노력해야 한다는 강박적인 사고였다. 그렇기에 나는 강박장애를 알게 된 후에 약간이나마 위로받은 것만 같았다. 의심하고 있었던 나의 노력이라는 재능이 강박사고를 이겨내기 위한 강박행동으로 작용하고 있었던 것처럼, 나 스스로 또한 잘하고 있다고 말해주는 것처럼 느껴졌다.

이를 기점으로, 이제 나는 강박장애를 보내줄 용기가 생겼으며, 준비되었다는 것을 깨달았다. 그리고 다시 메모지를 보았다. 메모지에서 앞으로 할 일이 적힌 메모지가 아닌, 이미 이룬 일이 적힌 메모지를 보았다. 남들과 비교했을 때 내세울 것 하나 없는 나라고 생각했지만, 사실은 충분히 이룬 것도 많았으며, 열심히 노력하고, 잘하고 있었다. 그저 불안했기 때문에 자신을 더욱 닦달하고 강박장애로 내몰고 있었다. 당장 불안함에 너무 매몰되어 이미 내가 이룬 일들은 보지 못하던 것이었다.

취업 준비로 힘들어하는, 혹은 나와 같이 강박장애를 겪고 있는 사람에게 이 말을 전하고 싶다. 삶은 조금 더 여유롭게 살 필요가 있다. 일어나지 않은 일에 대해 막연한 불안감 때문에 힘들어하기에는 흘러가는 시간이 너무나 아깝다. 취업 준비로 인한 스트레스나 미래에 대한 막연한 불안감, 그로 인해 발생한 강박장애의 뿌리는 결국 조금 더 잘하고 싶은 마음에서 출발한다. 하지만, 모두가 이미 충분히 노력하고 있다. 즉, 지금 가장 필요한 것은 여유이다. 다람쥐가 쳇바퀴 굴리듯 앞만 보고 가는 것보단, 가끔은 뒤도 돌아보고 자신에게 휴식을 선물해 주는 것은 어떨까? 우리는 열심히 노력해 왔으며, 지금도 충분히 잘하고 있다.

Rivers know this: There is no hurry,

we shall get there someday.

- 〈Winnie the Pooh〉

조금 더, 조금만 더, 열심히 살려고 노력하지 않아도 충분히 잘 사는 중이랍
니다.

꿈, 1년 할부로
하나 살게요!

홍진혁

꿈을 1년 할부로 살 수 있으면 얼마나 좋을까? 매년 12월 말이 되어 다음 해 버킷리스트를 작성할 때 항상 하는 생각이다. 목표를 원샷에 달성하여 원킬을 낸다면 재미가 없을 테니 조금씩 대가를 지불하며 그 성취감을 다소 천천히 느끼고 싶기 때문에 위와 같은 표현을 떠올리곤 한다. 꿈을 구매한 비용을 1년에 걸쳐 내면서 그 과정을 느리게 체감할 수 있었으면 좋겠다는 생각을 해보는 것이다.

버킷리스트는 자신이 죽기 전에 꼭 해보고 싶은 항목을 열거해 놓은 희망 사항 목록이다. 흔히 20대가 가기 전에 해보아야 할 활동 100가지와 같은 표현은 버킷리스트에서 차용된 경우가 많다. 보통 평생을 기준으로 잡고 버킷리스트를 작성하지만, 나처럼 1년 단위로 세우는 사람들도 꽤 많다.

나의 버킷리스트는 주로 배우고 싶은 것, 하고 싶은 것, 먹고 싶은 것, 가고 싶은 곳 등의 내용을 포함하고 있다. 2022년 버킷리스트의 경우를 예로 들어보겠다. 나는 기업 인사팀에 취업하기를 희망하고 있기 때문에 HR 관련 자격증 취득을 버킷리스트에 적어놓았고, 해당 시험을 한 번에 합격하는 쾌거를 이루어 냈다. 그뿐만 아니라 공인 어학시험에서 900점 이상 맞는 것을 목표로 한 항목이 있었다. 900점을 근소한 차이로 넘기지는 못했지만, 스스로 목표를 정한 뒤 그것을 실행하고 끝마쳤을 때의 뿌듯함은 결코 말로 표현할 수 없었다. 작성한 50개의 항목 중에서 숙제하는 느낌을 주는 항목만 있었던 것은 결코 아니다. 9번 친구들과 해외여행 가기 항목을 완수하기 위해 중학교 동창들과 일본 여행을 다녀왔으며 초등학교 동창들과는 늦여름에 제주도를 놀러 갔다 온 적이 있다. 12번 눈 오는 날 이불 밖으로 나가지 않고 집에서 영화 시리즈 정주행하기처럼 소소하지만 확실한 행복을 주는 즐길 거리 또한 충분히 마련해 두었다. 한낱 유치하고 의미 없어 보이는 리스트에 불과할지 몰라도, 나에게는 무지막지한 행복을 만들어 주는 이만한 선물 보따리는 어디 없다고 생각한다.

요새는 많은 사람들이 여유를 갖지 못하는 것 같아서 안타까울 따름이다. 풍요로운 미래를 위해 직장에 아르바이트까지 투잡을 뛰는 직장인부터 시작해 낮잠을 자는 것조차 사치라고 여기는 몇몇 학생들까지. SNS를 보다 보면 이른바 갓생을 살겠다는 의지 하나로 자신을 혹사하고 있다는 생각마저 종종 들 정도이다. 사실 나도 그러한 사람 중 한 명이었다. 내가 재수를 시작하고 대학에 입학한 처음 몇 달 동안은 나중에 편하게 살기 위해 지금 힘들어야 한다는 강박을 가지고 있었던 것 같다. 사실 치열하게 하루하루를 살아나가야지만 생존할 수 있는 이 회색 도시에서는 오히려 위와 같은 주장이 타당한 것 같기도 하다. 하지만 그렇게 비관적이게 몇 년을 각성 상태로 지내다 보면 분명히 번아웃이 오기 마련이다. 어느 날 문득 생각했다. 나중에 편하자고 하는 짓이기는 한데. 이래서 나중에 뭘 할 건데? 이 생활패턴의 끝은 있는 거야? 결국에는 열심히 일구어 왔던 모든 것들이 와르르 무너지는 느낌이 들었다. 누군가가 머리를 강타하고 지나간 듯한 크나큰 충격이었다. 대체 뭐가 잘못된 걸까? 어떻게 하면 이 불쾌함을 없앨 수 있을까? 오랫동안 심사숙고한 결과 이 의문점은 꿈이 없음, 즉 자아실현의 부재에서 온다는 것을 뒤늦게 깨닫게 되었다.

　인간은 누구나 불편감을 해소하려는 욕구를 평생 지니고 살아간다. 미국의 심리학자 매슬로우는 욕구가 위계적으로 구분돼있다고 주장했다. 이 욕구 위계 이론은 인간의 욕구를 1단계부터 5단계까지 순서대로 생리적 욕구, 안전의 욕구, 소속과 사랑의 욕구, 존중의 욕구, 자아실현 욕구로 정리했다. 이 중 마지막 단계의 자아실현 욕구는 가장 고차원적인 단계로 자신의 의지와 뜻에 따라 주체적으로 살면서 진정한 나를 보여주려는 욕구이다. 자아실현을 위해 자신의 가치관에 상응하는 꿈을 설정하고 그에 따른 하위 목표를 수립하는 단계에 속한다.

나는 그동안 뚜렷한 꿈 없이 단기적인 목표에 매몰되어 허공에 발길질만 하던 것이나 다름없었다. 사려는 꿈도 없으면서 꼬박꼬박 대가를 지급하고 있던 모습은 마치 이용도 하지 않고 매달 대금이 빠져나가는 OTT 플랫폼 결제 시스템 같기도 했다. 개인적인 뜻과 사명이 담긴 자아실현을 지향하는 요소는 내 일상에서 철저하게 배제돼있었다. 오로지 돈을 벌어 가능한 한 빠르게 안정을 취하겠다는 낮은 차원의 생리적 욕구와 안전의 욕구만을 바라보며 미친 듯 달리고 있었던 셈이다.

자신이 무엇을 좋아하고 지금 당장 무엇을 해야 하는지 갈피를 잡지 못해 고민인 사람들이 많이 있을 것 같다. 버킷리스트는 이러한 걱정을 타파할 괜찮은 해결책이 될 수 있다. 이미 자신의 인생 목표가 뚜렷한 사람이라면 평생 이룰 수 있는 장기적인 버킷리스트를 세워볼 수 있다. 그것을 보다 구체화하여 자신이 궁극적으로 이루려는 꿈에 대한 목표의식을 높여나갈 수 있을 것이다. 나는 꿈에 대한 완전한 확신은 아직 없다. 그래서 1년을 주기로 버킷리스트를 매해 새로 작성하곤 한다. 그 1년이 반복되다 보면 점차 나만의 확실한 가치관을 세울 수 있을 것으로 기대하기 때문이다. 나는 지식 나누기 항목을 통해 어느 한 분야의 전문가가 되어 남들에게 내 지식을 효과적으로 알려주는 일에 흥미가 있었음을 발견하게 됐다. 그와 동시에 가능하면 회사에 들어가서 일하기를 희망하고 있기 때문에 한 기업의 인사 부서에 입사하여 인적자원개발 분야에서 일하는 것을 목표로 잡은 상태이기도 하다.

아이스티나 토피넛라테에 에스프레소 샷을 추가하듯이, 일상에 꿈 한 컵을 첨가하게 되면 엄청난 풍미를 일으키게 된다. 매일 똑같은 하루하루 속 꿈을 향한 버킷리스트를 쓰고 이루는 행위에서 재미를 볼 수 있다는 의미이다. 버킷리스트는 꿈을 향한 대략적인 방향을 제시하는 이정표이다. 버킷리스트의 항목 하나하나가 자신의 가치관과 사명을 향해 인도하고 그것들을 차근차근 따라가다가 보면 최종 목적지인 꿈에 어느새 도착해 있을 것이다.

꿈을 계속 간직하고 있으면
반드시 실현할 때가 온다.

- 괴테

휴학: 나의 속도로
가겠습니다

유희진

　정해진 틀 안에만 갇혀 있던 나에게 자발적으로 쉼을 선택할 수 있는 기회가 주어졌다. 바로 휴학이다. 학교의 허가를 얻어 학업을 쉬는 것, 민증의 효력이 발생하면서 자유로운 영혼이 된 나에게는 매력적인 제도였다. 우리는 살면서 법정 의무교육 아래 평균적으로 12년+α의 삶을 살아온다. 20대 초반의 청년들은 짧게는 몇 달, 길어봤자 몇 년 전까지 매일 같은 시간에 일어나 같은 교복을 입고, 짜인 스케줄대로 살았다. 이를 그들의 의지였다고 말하기는 어렵다. 즉, 사회나 부모가 요구하는 기준에 맞춰 사는 것이 익숙하고 당연했다. 그런 이들에게 휴학이란, 달콤하면서도 두렵다.

입학 당시 코로나 상황으로 인해 꿈에 그리던 대학 생활은 기대와는 조금 달랐다. 하지만 다시 돌아오지 않을 나의 20대를 위해 열심히 살았다. 학생회와 동아리, 대외활동에 도전하면서 많은 사람들을 마주하고, 세상에 나를 선보였다. 그런데 힘이 너무 들어갔던 탓일까? 정신 차려보니 21살의 끝자락의 선 나는 위태로웠다. 주체적으로 나를 살아가는 법을 터득해야 했던 청소년 시기에 선택과 도전이 두려워 회피하고 타인들에게 기대어 수동적으로 살아왔다. 성장하지 못한 센스와 부족한 경험으로 인해 동기들에겐 당연한 것들이 나에게는 2~3배 노력해야만 도달할 수 있는 수준의 어려운 일들이었다. 시작부터 뒤처진 기분에 그들을 보며 조급함을 키웠고, 전력을 다해 달리면서도 스스로에게 심심한 위로 한번 건넨 적 없었다. 어느새 지쳐버린 나의 온몸은 이 공간을 벗어나라고 외치고 있었다.

대학생들은 저마다의 이유로 한 번쯤은 휴학을 고려한다. 취업을 위한 스펙 준비, 여행, 아르바이트 등 휴학이 주는 시간적 여유가 이 모든 일들을 가능하게 만들어 줄 것이라 믿기 때문이다. 그러나 시간을 알차게 활용할 자신이 없거나 한없이 나태해질까 봐 망설이는 사람들도 있을 것이다. 나도 그중 한 명이었다. 그런 내가 주저 없이 휴학 신청 버튼을 누를 수 있었던 이유는 편입을 결심했기 때문이다. 아니, 솔직히 고백하자면 편입이라는 방패 뒤에 숨었기 때문이다. 나는 쉬고 싶었지만 용기가 없었다. 열정과 낭만으로 살아온 나에게는 삶에 지쳤다는 사실이 곧 불편한 진실이었다. 차라리 더 좋은 대학교에 욕심이 있는 사람으로 보이고 싶었기에, 나는 돌연 휴학을 결심하게 된다. 21년 인생 첫 일탈이었다.

휴학의 키워드는 정지stop가 아닌 전략적 워밍업warming-up이다. 흔히 스포츠에서 활용되는 말인데 심리학상으로는 '기세를 올린다'는 의미로, 정신적 신체적 타성을 이기는 것을 뜻한다. 이를테면 긴 휴식 뒤에 작업능률이 오를 것으로 생각되지만 오히려 수면이나 휴식의 타성이 남아 능률이 오르지 않는다. 하지만 성질이 다른 작업이나 강한 운동에 들어가기 전에 간단한 준비운동을 통해 심신 준비를 하고 활동근을 풀어준다면 체내의 산소 이용 효율이 높아지고 반응시간도 빨라진다. 휴학이란, 우리가 나아가야 할 길 앞에서 행하는 일종의 준비운동이자 빌드업이다.

전략 없이 뛰어든 나의 휴학 생활은 결국 탈이 났다. 생활비 전부를 손 벌리지 않으려 시작했던 아르바이트는 생각보다 많은 스트레스와 체력 소모를 가져왔고, 캘린더는 그간 바쁘다며 미뤘던 약속으로 가득했다. 거금을 들여 결제했던 온라인 강의와 책 위에는 어느새 뿌연 먼지가 앉았고, 저축해 뒀던 자금은 바닥을 드러냈다. 나는 결국 부모님에게 털어놓았다. 꿈이 있어도 도전하지 못했던 세상을 살아온 어른들이 자신의 서러운 시절을 떠올리며 나의 어리숙한 선택의 대가를 지지해 주었다는 것을 알고 있었다. 이는 단순히 금전적인 지원을 넘어 진심으로 나의 행복을 바라는 응원이었다. 더 이상 그 지원을 낭비하고 싶지 않아 편입을 포기하겠다고 말했지만 어머니는 시작한 일에 끝매듭을 지어볼 것을 권하셨다.

마침내 편입을 해냈다면 자랑스러운 성공 스토리가 되었겠지만, 이변은 없었다. 그다지 좋은 성적을 거두지는 못했다. 억울하지도 아깝지도 않았다. 그도 그럴 것이, 눈 내리는 새벽에도 시험장 내부가 뜨겁게 느껴질 정도로 진심인 그들의 눈빛을 보았다. 그 시험은 그들이 합격해야 했다. 하지만 지금 생각해도 편입준비를 포기하지 않은 것은 참 잘한 일이다. 내가 끝까지 완주할 수 있는 사람이라는 것을 확인할 수 있었기 때문이다.

휴학을 비롯하여 장기적 목표를 둔 이들에게 성취동기라는 개념을 하나 설명하고자 한다. 성취동기achievement motivation란 목표와 행위기준에 도달하려는 개인의 동기나 욕구이다. 성취동기가 높은 사람은 불굴의 정신GRIT 덕분에 더 많은 것을 이룰 수 있다. 여기에서 말하는 '그릿'이란 성장Growth, 회복탄력성Resilience, 내재적 동기Intrinsic motivation, 끈기Tenacity의 앞 글자를 딴 개념으로, 자신의 장기적인 목표를 달성하기 위한 노력과 열정을 의미한다. 목표에 도달하기까지는 고독하고 힘든 과정이기에 강력한 동기와 흥미가 유지되어야 하는데, 이때 그릿이 동력을 제공한다.

현재의 나는 삶의 로드맵을 구축했다. 휴학 기간 중 친구들과 갔던 전시회나 팝업 스토어에서의 경험은 패션 분야로의 마케팅 부서 취업 동기가 되었다. 동기가 생기니 방법도 보였다. 경영학 복수 전공을 시작하며 꿈을 향한 첫 발걸음을 뗐다. 결과적으로 나는 뒤처지지 않았다. 뒤처짐의 기준은 무엇이며, 나를 앞지르던 이들은 대체 누구였을까? 그들은 내가 임의로 '라이벌 프레임'을 부여한 개인들이었다. 나는 평생 그들을 이길 수도, 한껏 사랑할 수도 없다. 애초에 우리는 같은 트랙에 서지 않았기 때문이다. 2023년 지금의 나는 20학번이지만 3학년이다. 4학년도, 21학번도 아닌 나는 여전히 느리지만, 오로지 나만의 속도로 나아가고 있다.

2022년을 맞이하던 날만큼이나 시리던 코끝의 겨울을 보며 마침내 휴학이라는 여정을 마무리했다. 각자의 타이밍에 각자의 이유로 망설이고 있는 세상의 유희진들에게 전하는 메시지는 다음과 같다.

우리는 선택에 따르는 책임을 져야 한다. 작은 선택 하나에도 수많은 시간과 에너지, 재화가 필요하다. 이는 성장을 위한 경험 비용일 수도 있겠지만, 뜻 없는 선택에서 오는 경험의 가치는 때론 아쉽다. 한정된 체력과 시간은 야속하게도 마음만큼 따라와 주지 않는다. 물론 성공이라는 결과를 보장받고 시작하는 것은 불가능하다. 혹자는 말한다. "아무것도 하지 않으면 아무 일도 일어나지 않는다."라고. 그러나 최소한의 준비도 하지 않은 채 무작정 달려나가는 것은 무모한 일이다. 머지않아 길을 잃거나 한참을 돌아갈 수도, 크게 넘어져 한동안 일어나지 못할 수도 있다. 그리고 그 과정에서 많은 것들을 놓치게 된다.

실패한 휴학이란 없다. 휴학의 휴는 '쉴 휴' 자다. 삶의 절반을 정해진 사이클 속에서 살아왔기에 24시간을 모두 자신의 의지로 활용할 수 있다는 것이 반가우면서도 어색할 것이다. 즉, 쉼에도 용기가 필요하다. 우선 쉬기로 결심한 날들에 엄청난 것을 해내야 한다는 부담을 덜어내도록 하자. 아무것도 하지 않고 누워만 있었다면, 충분히 쉬었으니 이제 일어서면 된다. 꿈을 찾지 못하였다면, 당신이 자발적으로 행한 것, 가장 많은 시간과 돈을 들인 것을 찾아보자. 그것이 현재 당신의 관심사이고 가치관이며, 이상향이다. 성취를 이루지 못하였다면, 시도조차 하지 않은 이는 갖지 못할 경험을 얻었으니, 그 쓴맛을 잊지 말고 다음 기회를 탐색하자. 참으로 수고 많았다.

우리가 겪고 있는 젊음이란, 가장 불완전한 시기일지도 모르지만 가장 아름다운 시기임은 확실하다. 매일의 새로운 사건들에 시시각각 적응하고 변하는 모습이, 위기가 오면 맘껏 슬퍼하고 다시 일어설 수 있는 그 회복탄력성이, 그것이 바로 젊음이 주는 매력이 아닐까? 그러니 우리 모두 망설이지 말자. 지금 당신이 행하고 있는 그것이 맞다.

젊은이가 꾸미는 것을 비웃지 말라.
그는 그저 자신의 얼굴을 찾기 위해서
하나하나 차례로 걸쳐 보고 있는 것이다.
Don't laugh at a youth for his affectations;
he is only trying on one face after another
to find his own.

– 로건 피어설 스미스(Logan Pearsall Smith)

● 유희진

'보배 같은 사람이 되길 바란다'는 의미에서 지어진 이름입니다.
끝내 보물이 되어 빛날 그 순간을 위해, 끝없이 바라고 세상을 바라보며 서
툴지만 소중한 여정을 떠나고 있습니다.

🅞 wishtreaxure

제가 돈을 이만큼 썼다고요?

유지현

티끌 모아 태산, 나의 소비 습관을 관통하는 말이다. 돈을 조금씩 모아 큰돈이 되었다는 경험이면 좋았겠지만 반대로 티끌처럼 계속 쓰다 보니 태산만큼 소비했다는 이야기를 하려고 한다. 나는 아르바이트를 해서 돈을 모으고 용돈을 받아서 생활하고 있다. 또한 큰돈이 드는 취미를 가지고 있지 않기도 해서 큰 지출이 많지는 않다고 생각하곤 했다. 그런데도 내가 과소비를 하게 되는 원인은 네이ㅇ페이, 카카ㅇ페이, 쿠ㅇ페이와 같은 인터넷 간편결제에 있었다.

내가 처음 성인이 되고 난 후 처음 인터넷 결제를 하던 경험이 뚜렷하게 기억이 난다. 나의 명의로 된 카드를 만들고 처음으로 카드번호를 입력하는 과정이 그렇게 복잡하고 떨릴 수가 없었다. 그런데 지금은 인터넷 간편결제를 통해 돈을 아주 쉽게 사용하고 있다. 지문인식만 하면 통장에서 만 원 단위로 충전이 되어 바로 결제가 되는 시스템이기 때문에 내가 어떤 돈을 얼마나 사용했는지 정확히 인식하지 못하고 두루뭉술하게 대충 2만 원쯤 썼겠거니 생각하는 것이었다. 이런 소비가 반복되자 한 달 안에 정확히 어떤 분야에 얼마큼의 지출이 있는지 알기도 번거로운 상황이 생겼다.

이러한 행동은 행동 조성으로 설명할 수 있다. 행동 조성이란 어떠한 행동을 점진적으로 유도하는 방법을 사용하여 최종적으로 원하는 행동을 만들어 내는 것을 말한다. 나의 경우에는 결제 성공이 최종적으로 원하는 결과일 것이다. 과거 핸드폰으로 결제할 때에는 카드번호를 한 땀 한 땀 적고 비밀번호를 누르고 인증하는 등 단계가 복잡하기 때문에 결제라는 행동이 조성되기까지 꽤 오랜 시간이 걸렸다. 하지만 요즘의 인터넷 간편결제의 단계는 아주 짧다. 결제를 하고자 하면 대리기업을 통해 연결되고 필요한 돈은 자동충전도 가능하며 지문인식만 하면 결제를 통해 주문을 완료할 수 있다. 이렇게 간편결제는 너무나 짧고 쉬운 단계들로 이루어져 있어 결제 행동의 조성이 쉽게 되는 환경이었다. 나는 이러한 간편한 단계를 통해 쉽게 결제하고 내가 뭘 샀는지조차 기억하지 않았다.

　또한 물건을 살 때 개수가 늘어날수록 하나당 가격은 저렴해진다는 것을 확인할 수 있었다. '이렇게 된다면 몇 개 더 사는 것이 낫지 않나?' 식의 소비를 하다 보니 필요 이상으로 더 많은 물건을 사게 되는 경험도 여러 번 했다. 이러한 나의 소비 습관은 차이 역으로 설명할 수 있다. 차이 역이란 두 자극이 다르다는 것을 탐지할 확률이 0.5가 되는 최소 차잇값을 말한다. 나의 경우로 예를 들어본다면 1개 살 때 가격은 정가인데 2개 살 때는 개당 10% 할인하여 판매한다면 나는 그냥 하나를 구매한다. 하지만 4개를 살 때의 개당 가격이 30% 할인된 가격으로 판매한다면 나는 4개를 구매하는 식의 판단을 자주 내렸다. 나는 정가와 10% 할인 가격의 차이 역을 느끼지 않지만, 정가와 30% 할인 가격의 차이 역을 크게 인식하여 필요보다 더 많은 수량을 소비하는 결정을 내린 것이다. 사람마다 느끼는 차이 역은 다르지만, 할인율에 집중하여 소비하게 되면 이러한 차이 역에 따른 과소비를 한 경험이 사람들 대부분 있을 것으로 생각한다.

　'필요하지 않다고 생각하면 아예 사지 않으면 해결되는 일이 아닌가?' 하는 의문이 들 수도 있을 것 같다. 하지만 문제가 있다는 사실을 아는 것만으로 행동이 쉽게 개선되지 않는 문제들이 존재한다. 내가 나에게 그 소비가 필요하지 않다는 걸 알지만 멈출 수 없는 이유는 보상 심리 때문이었다. 굳이 필요한 물건이 따로 있지 않더라도 스트레스를 받는 일이 있는 날에는 집에 가는 길에 내가 좋은 일을 스스로 해야겠다는 생각이 들어 자꾸만 소비하게 되었다. 나에게 주는 보상이 물건이 되는 것은 좋지 않다는 것을 알지만 구매는 쉽고 단기적으로 손에 쥐어지는 만족감을 주는 행동이기 때문에 더욱 빠져들었다. 오늘은 어떤 소비를 해야겠다고 생각하면 딱히 마음에 드는 것도 없지만 억지로 찾아서 구매하는 등 구매 자체가 즐겁지 않음에도 소비에 집착하는 경험을 했다. 필요하지 않은 것을 소비했다는 사실과 그래도 기분이 좋아지려고 한 선택이었다는 태도 사이에서 오는 언짢은 기분을 무시하기 위해 "이미 소비한 것은 내 기분을 좋게 만들기 위해 필요하고 유용한 소비였어!"라고 말하며 좋게 생각하자고 되뇌기도 하고, '이런 곳에 돈을 사용하지 않아도 어차피 비슷한 용도로 사용되었을 거야.'라며 자기합리화도 사용했다. 사실 이러한 자기합리화 방법이 진정으로 나의 기분을 좋게 해주지는 않았다. 결제 당시 기분이 좋아졌다가 배송하러 오는 알림이 오면 좋은 선택이었는지 의심하는 과정을 거쳐 어쨌든 배송 오는 중이니까 무를 수 없다는 생각에 물건이 도착하면 만족하다가 결국엔 필요하지 않은 소비였다는 사실을 경험했기 때문이다. 또한 단순히 소비 습관조차도 안정적으로 조절할 수 없다는 사실을 깨닫고 나니 마음이 조급해졌다.

　내가 어떠한 동기와 과정으로 소비하는지 알았고 그러한 소비의 결과가 나에게 좋을 것이 없다는 것을 알았으나 소비 습관을 의지력만으로 해결할 수는 없었다. 따라서 내가 사용했던 방법은 결제까지의 행동 조성을 어렵게 하는 것이었다. 구체적으로는 특정 간편결제를 이용할 시 혜택을 주는 멤버십 서비스를 해지하여 결제 과정을 번거롭게 하는 방법을 사용했다. 돈을 쓸수록 혜택은 커지기 때문에 필요하지 않은 것을 사도 어느 정도 이득이 있다며 자기합리화하곤 했기 때문에 멤버십 서비스를 해지하는 것은 필수적이었다.

　하지만 본질적으로 스트레스를 받는 일이 생겼을 때 나를 위해 소비하여 보상받고 싶어지는 마음은 가장 바꾸기 어려운 부분이었다. 힘든 일이 있을 때, 돈을 쓴다거나 술을 마신다거나 흡연하는 등의 행동은 너무 쉬운 일인데 문제를 직면하고 곱씹으며 해결 방안을 생각하는 일은 정말 어려운 일이기 때문이다. 또한 스트레스 사건이 실제로 내가 통제할 수 없는 문제인데 내가 통제할 수 있는 문제라고 생각을 바꾸는 일은 실질적으로 불가능했다. 그렇기 때문에 좋지 않은 기분을 해소하기 위한 방법으로 바로 소비를 떠올리기보다는 비교적 건강한 방법도 만들어

두는 것이 도움이 되었다. 나는 그러한 방법으로 걷기나 음악 듣기, 사람들 만나기와 같은 방법을 사용했다. 사실 나는 스트레스를 건강하게 해소하는 확실하고 나에게 잘 맞는 방법을 찾지는 못했다. 하지만 소비로 스트레스를 해소하고자 하는 방식이 좋지 않다는 사실을 확실하게 알았고 전보다 줄였을 뿐이다.

현실적으로 돈도 없는데 당장의 좋지 않은 기분을 해소하기 위해 돈을 소비한다는 것은 합리적이지 않은 일이라는 것을 알고 있다. 하지만 알고 있으나 해결할 수 없는 일들도 존재하기 때문에 행동 개선을 의지력에 맡기지 않고 좋지 않은 선택이 어렵게 환경을 만드는 방법도 좋은 해결책이 될 수 있다고 생각한다. 환경의 도움을 받아 사소한 습관을 내가 조절할 수 있다면 어떤 일이든 변화의 시작이 될 수 있을 것이다.

습관이란 인간으로 하여금

어떤 일이든지 하게 만든다.

- 도스토옙스키

● 유지현

몰입할 수 있는 것들을 찾아 세상을 경험하고, 새롭게 발견하는 것을 즐기
는 사람이 되고 싶습니다.

문

이상현
∞∞∞∞

대학만 가면 모든 것이 해결될 줄 알았다. 12년 동안 대학이라는 하나의 목표를 바라보고 달렸던 나였기에, 목표가 없어지니, 자연스레 내 삶에 무기력이 찾아왔다. 그 당시 나의 주변인들은 무기력을 잘 이해하지 못했다. 무기력은 아무것도 하기 싫은 것이 아니라, 아무것도 할 이유가 없다는 것을. 그런데, 돌이켜 보니 무기력은 또 다른 무기력을 낳았었다. 목표가 없어져 생겨버린 무기력은, 내 방문 앞에 돌덩이가 되어 앉아 있었고, 자연스럽게 사람들과 멀어지게 되었다. 내 방문이 닫힐 때, 감정의 문도 닫혀버렸다. 감정을 잘 느끼지 못하고, 표현하지 못하게 되었다. 미련하게, 그때까지도 전혀 심각하게 생각하지 않고 있었다. 감정을 표현하지 않게 되니, 가면을 썼다. 단단하다 못해 견고해 절대 부서지지 않을 정도의 가면을, 오로지 내 방 안에 있을 때만 가면을 벗고 숨을 쉬었다. 그런데 가면을 너무 많이 쓴 탓일까, 반복된 가면 쓰기는 내가 나인지 가면인지도 헷갈리게 했다. 고등학교 3학년 때에 펑펑 울면서 듣던 노래를 들어도 아무 생각이 들지 않았다. 슬펐지만 슬프지 않았다. 정확히 말하면, 슬프지만 슬플 수가 없었다. 무슨 영화를 보아도, 책을 보아도, 내 곁에 있는 소중한 사람이 아파도 슬프다는 느낌은 있었지만 내 마음은 그렇지 않았다. 비현실감이 썰물처럼 나를 잠식하기 시작했다. 몇 번을 내가 미친 게 아닌가, 생각했다. 모든 사람이 가짜 같았다. 왜냐면 그때의 내가 가짜로 살아가고 있었기 때문에.

처음으로 정신병원에 갔다. 물론 혼자 여러 가지를 검색해 보고 도저히 해결할 수 없을 것 같아서 간 것이었다. 검색해 본 결과로 내가 내린 내 상태의 결론은 '이인증' 혹은 '감정표현 불능증'이었다. 첫 번째 간 병원에서는 내 말을 이해하지 못했다. 그것이 다른 병원에서도 반복되니 내가 내린 해결법은 '내가 한 번 찾아보자.'였다. 심리학과를 가고 싶었다. 우연히 교양과목으로 심리학 강의를 수강한 뒤였다. 강의를 듣고 평소에 궁금했던 우울증의 원인이나 경과 등에 대한 물음을 해소할 수 있었고, 심리학과에서 심도 있게 공부한다면, 내가 지금 겪고 있는 상황에 대한 답을 찾을 수 있을 것 같았다.

그렇게 심리학과로의 전과를 시도했다. 주변에서 내색은 하지 않았지만, 눈빛만으로 반대의 뜻이 느껴졌다. 왜냐하면 그때의 나의 전공은 취직이 잘 되는 공과대학이었기 때문이다. 하지만 나에게 있어 이 문제를 해결하는 게 그것보다 중요했기 때문에, 심리학과로의 전과를 시도하였고, 결국 전과에 성공하게 되었다. 전과하고 난 뒤에는 정말 내가 공부하고 싶은 것을 공부하는 느낌을 받았다. 다양한 심리학 과목에서 배움으로 얻은 깨달음은 하나로 통했다. 내가 과연 현재 진정으로 하고 싶은 것을 하며 살고 있는가? 내 삶을 내가 살고 있는가? 생각해 보니 아니었다. 누구보다 수동적으로 살고 있던 것 같았다. 심리학 개론에서 설명하는 '외재적 동기'에 내 삶을 녹여 살아가고 있는 듯한 느낌을 받았다. '외재적 동기'란, 외적 보상을 얻거나 위협적인 처벌을 피하는 방식으로 행동하는 것을 뜻하는데, 이는 네 가지 단계로 나뉜다. 외적 강요나 압박으로 외적 조절을 하여, 전혀 자율적이지 않은 상태인 '외적 조절 상태'. 내적 강요 및 압박으로 가득 찬 자기통제감에 의해 죄책감, 수치심과 같은 내적으로 통제적인 정서를 피하려고 내사 조절을 하여 어느 정도 자율적인 상태인 '내사 조절 상태', 생각이나 행동하는 방식이 개인적으로 중요하거나, 유용하다고 보기 때문에 자발적으로 그 생각이나 행동이 가지는 가치나 유용성을 받아들여 대체로 자율적인 상태인 '동일시 조절 상태', 개인의 행동이 개인의 가치와 스스로 생각하는 자신을 반영한다고 생각하는, 완전히 자율적인 상태인 '통합된 조절 상태'.

해당 개념들을 배우고 나니, 지난 12년 동안 내가 얼마나 수동적인 삶을 살아왔는지 깨달았다. 그때의 목표는 내가 만들었던 게 아니었다. 현재 학점에 대한 목표도 내가 만들고 성취하던 게 아니었다. 그렇기에 학점을 아무리 좋게 받아도 아무렇지 않았던 것이었다. 전부 주변 시선과 압박감이 만든 목표였다. 그래서 정말로 내가 하고 싶었던 것을 다시 생각해 보기 시작했다.

사실 내가 하고 싶었던 것은 누구보다 내가 제일 잘 알고 있었다. 예전 친구들을 만날 때마다 반복적으로 듣던 말이 있었다. "너는 그래도 하고 싶은 게 있어서 좋겠어." 내가 그들에게 보여준 건 오로지 내가 재밌어서, 하고 싶어서 한 음악이었다. 중학교, 고등학교 때에 교내 무대가 있으면 빼놓지 않고 참가하고, 고등학교 3학년 때부터는 학업에 집중하느라, 시간이 날 때만 컴퓨터로 음악을 만들었었다. 학점이 A+이어도 좋은 작업물을 만드는 것이 나에게 더 뿌듯했었다. 하지만 난 이제껏 내가 진정으로 하고 싶은 것을 항상 제쳐두고 다른 것을 선택해오고 있었다. 하지만 이제는 제쳐두면 안 된다고 생각했다.

사실 이전에도 몇 번 부모님과의 갈등이 있었고, 난 그럴 때마다 익숙하고 안정적인 현실에 안주하며, 도전하고 싶은 마음보다 두려움이 커 행동하지 못했다. 외가에는 의사 사촌이 있고, 친가에는 대기업 사원이 있는 집안에서 각설이 노릇을 할수도 없었다. 사실 나조차도 음악 쪽의 길을 선택하여 나아가기에는, 남들이 말하는 성공 기준에 부합되기 힘들다는 것을 누구보다 잘 알기에, 도전하지 못했던 것이 제일 컸다.

용기가 필요했다. 내면의 반대를 무릅쓰고 헤쳐 나가야 했다. 12년 동안 만들어진 내가 아닌 껍데기를 벗어던져야 했다. 이 이야기를 꺼내는 것이 너무 부끄럽지만, 나는 남들이 그렇게 일상적으로 한다는 아르바이트를 거의 하지 않았다. 부모님이 주시는 용돈으로 생활에 부족함이 없었다. 다른 학우들이 강의실에서 노트북이나 패드를 사용하며 공부할 때, 나는 공책을 썼고, 돈을 벌지 않지만, 아끼고 싶어서 나에게 투자하는 모든 것에 관심을 끊기 시작했다. 다른 형태의 무기력이 이미 나에게 내재되어 있었던 것이다. 나에게 학교란 공부를 하러 가는 곳이고, 학점을 받으러 가는 곳이며, 학점을 잘 받으면 그걸로 괜찮다고 생각했다. 아르바이트를 하지 않으니, 밖에 나가지 않은 것도 있었다. 솔직히 말하면, 딱히 할 이유도 없었다고 생각했었다. 그래서 도전하는 것이 두려웠다. 익숙한 현실을 벗어나는 게. 하지만, 이런 삶이 나에게 주는 의미란 하나도 없었다. 보장된 성공보다는 후회 없는 도전을 해보고 싶어서, 수업이 끝난 뒤 자취 비용을 모으기 위해 야간 아르바이트를 나가고 있다. 점차 방문이 열리고 있다.

새는 알을 깨고 나온다. 알은 곧 세계이다.

태어나려고 하는 자는

하나의 세계를 파괴하지 않으면 안 된다.

– 헤르만 헤세, 《데미안》

● **이상현**

안녕하세요, 가천대학교 심리학과 재학 중인 이상현입니다. 제 글이 시도를 망설이는 사람들에게 조금이나마 용기가 되기를 희망합니다.

부풀린 행복 이야기

이주희

좋아하다

내가 좋아하는 색깔은 무엇일까? 내가 싫어하는 음식은 뭐지? 나는 어떤 사람이지? 나에 대해 알아가는 것은 끝이 없다. 호불호가 딱히 없는 애매한 나였다. 그런 나에게 처음으로 확고한 좋아함에 대해 알게 한 것은, 배구이다. 팀 스포츠에서 활약하는 내 모습을 상상하면 희열을 느낀다. 혼자서는 이길 수 없는 팀 스포츠가 주는 소속감도 내게 중요한 원동력이다.

중학생 때였다

학교에서 킨볼 반 대항전을 했다. 킨볼은 크고 가벼운 공을 주고받으며 승부를 겨루는 배구형 종목이다. 우리 반 담임 선생님은 체육 담당이셨다. 열정 넘치는 신임교사와 승부욕이 유난히 남달랐던 반 친구들은 결국 결승까지 올라갔다. 결승에서 만난 상대 팀에는 운동을 잘하기로 유명한 한 친구가 네트 너머 선두에 우뚝 서 있었다. 우리는 엎치락뒤치락 점수를 주고받았다. 긴 듀스와 랠리 끝에 우리 반에서 키가 제일 큰 수아는 네트 바로 앞에서 공을 상대 팀 코트로 내리꽂았다. 우리 쪽의 점수판이 1점 올라갔다. 세트 포인트였다. 이 마지막 한 점도 긴 랠리로 이어졌고, 끝내 우리는 승리를 얻어냈다. 우리는 소리를 질렀고, 서로를 끌어안았다. 저기 멀리서 담임 선생님도 소리 지르며 우리에게 달려오셨다.

어쩌면 팀 스포츠를 좋아하게 된 나의 첫 번째 순간인 것 같다. 하지만 내가 기억하는 이 행복한 기억은 과연 온전히 정확한 기억일까? 오랜만에 중학교 동창을 만나면 빠질 수 없는 우리들의 성공담에 분위기가 한껏 올라가고는 한다. 이야기를 하다 보면 친구들마다 다르게 기억하기도 하는데, 어떤 친구는 막상막하였지만 결국은 패배했다고 말하기도 한다. 대부분의 친구들은 그 말에 반박해 무안을 줬는데, 그 친구는 왜 우리와 다른 기억을 가지고 있을까? 아니, 사실은 나의 기억이 틀린 것은 아닐까?

　사람들의 생생한 기억은 정확한 것 같지만 사실 사람들은 기억을 재조직하고 기억할 때마다 조금씩 수정한다. 이것을 기억의 오정보 효과라고 하는데, 잘못된 정보를 사건에 대한 기억에 합병시키는 것을 말한다. 기억을 다시 떠올려 재구성하는 과정에서 다양한 요인들이 영향을 주는데, 그중 하나는 상상이다. 사람들이 어린 시절 기억을 떠올리며 말로 서술할 때면, 중간중간 끊겨 있는 기억을 그럴듯한 추측과 가정들로 채워 넣고는 한다. 반복적으로 실제 존재하지 않는 추측으로 만들어 낸 거짓 행동과 사건을 상상하는 것은 기억을 잘못 생성할 수 있는데, 이를 상상력 효과라고 한다. 이는 기억을 구성하는 과정에서 오류를 범하게 한다.

　네트 너머에 우뚝 서 있다던 친구의 얼굴까지도 생생하게 기억하는 나이지만, 그 친구에 대한 기억이 정말 정확할까? 사실인지 아닌지는 나에게 딱히 중요하지 않았다. 단지 기억이라는 글자 앞에 '내게 첫 성공을 안겨주었던 행복한'이라는 수식어를 붙여 계속해서 의미를 부여한다. 누군가 즐거움에 관한 질문을 할 때면 나는 그 기억을 반복해 상상한다. 사실이 아닐지 모르는 디테일을 기억하고, 그 디테일한 순간들이 주는 생생한 행복감을 지금 현재에 다시 느낀다.

나는 여전히 거짓 기억을 만든다

이번 여름, 학교 동아리에서 대학 배구 예선에 참가했다. 동아리를 신설한 지 얼마 지나지 않았고, 특히 여자부는 배우는 과정에 있었다. 처음에는 두려웠지만 언제 이런 경험을 해볼까 싶었다. 대회 준비부터 쉽지 않았다. 동아리 부원 중에 경기에 출전하겠다는 멤버들은 단 7명이었다. 우리가 나가는 6인제 배구는 경기 중 수시로 교체하는 수비 전문 선수까지 7명이 필요한 대회이다. 준비 과정에서 한 명이라도 빠지면 제대로 진행되지 않았고, 배구를 알려주는 코치도 없었다. 그냥 맨땅에 헤딩이었다. 그게 오히려 동기부여가 되었을까? 경기에 나가는 멤버들 모두 자신들이 아니면 안 된다는 마음으로 열심히 준비했다. 경기 당일 날이 되었고, 우리는 처음 나가는 정식 경기에서 상대 팀과 인사하는 것, 경기 전 선수들의 등 번호를 심판이 확인하는 것 등 사소한 것에서 당황해하고 서툴러 했다. 경기도 모두 졌다. 공격 시도 한 번을 제대로 못 했고, 상대 팀의 서브를 받아내지 못해 랠리를 시작조차 못 했다. 경기 중 해설자가 하는 말을 들었다. "결국 넘기지 못하는 이주희 선수…." 그야말로 완전히 실패했다.

아이러니하게 경기를 마치고 마무리하는데 너무 행복했다. 동아리 활동으로 배구공을 주고받는 것만 할 수 있었던 나는 제대로 된 정식 경기를 네 번이나 했다. 공을 받기만 하던 내가 연습 기간 동안 공격해 보기 위해, 이기기 위해 노력했다. 그냥 좋았다. 우리 팀의 실력이 부족하다는 것을 이미 알고 대회에 나갔고, 우리에게 목표는 이기는 것이 아닌 경험이었다. 나에게는 함께 운동한 팀원들이 있었고, 실력이 부족해도 끝까지 포기하지 않은 경험을 얻었다. 이 경험도 나중에 나에게 좋은 원동력이 되어주겠지. 실제 경기에서 어떻게 행동했는지 점점 망각하겠지만, 나중에 이 순간을 떠올릴 때, 경기는 졌지만 열심히 해서 좋았다는 그 감정에 다른 사실이 아닌 기억들이 덧붙여지겠지. 그 거짓의 기억들은 또 다른 미래의 내가 도전할 때 좋은 밑거름이 되지 않을까?

나는 여전히 도전하고 있다

이번 가을, 우리는 한 번 더 배구 대회를 나갔다. 이번에는 새로 온 새내기들과 9인제 경기에 나갔다. 후보 선수가 있었고, 그동안 부족한 부분을 연습했던 우리는 예전보다 경기 시간이 길어졌다. 아직도 이 경기장에서 제일 못하는 팀은 우리 팀이었지만, 전과는 확실히 달라졌다. 한 세트도 이기지 못했지만, 그 어느 한 세트도 쉽게 내주지 않았고, 어느 한 세트는 우리 팀이 점수를 리드하기도 했다. 이 기억은 분명 이기지 못했지만 전보다 성장한 우리의 모습들을 상상하게 하고 부풀려 만들어질 것 같다. 중학교 시절 첫 기억부터 대회까지 일련의 기억으로 또 하나의 이야기를 만들어 나가고 대학 시절 행복한 순간으로 기억될 것이라고 확신할 수 있다. 누군가는 졌는데 행복한 기억이냐고 물을 수도 있다. 어떤 의미를 붙일 것인가는 각자의 선택이다. 나는 그 실패가 좋았고, 심지어는 앞으로 어떤 실패를 할지 궁금해지기까지 한다.

즐거웠던 기억은 확실한 행복으로 부풀리고, 힘들었던 기억은 그로 인해 성장하게 된 계기로서 꾸며낸다면, 우리는 앞으로 살아가는데 큰 용기를 얻을 수 있다. 20대가 되면서 가끔 이런 질문들을 받았다. "최선을 다한 경험은 무엇이었나요?" "행복한 기억을 떠올려 보세요." 그럴 때면 긴장감이 맴도는 경기장 코트 내에서 배구를 하고 있는 내 모습을 상상하게 된다. 그리고는 그 장면에 설명을 덧붙인다. 이 한 장면이 가져오는 부풀린 행복 이야기는 나에게 기억 그 이상의 것을 준다.

생각은 실제가 아니다.

하지만 우리의 실제는 생각을 통해 창조된다.

Thought is not reality;

yet is through Thought that our realities are created.

– 시드니 뱅크스Sydney Banks

● **이주희**

내일을 위해, 성장을 위해, 경험을 얻을 수 있다면 겁도 없이 뛰어들어 도전
합니다.

3장

관계 속 나를
찾습니다

흘러가는 대로

김예현

 며칠 전 오랜만에 고등학교 시절 친구를 만났다. 우리는 졸업 후 서로 다른 지역의 대학교에 입학했고, 각자 바쁜 대학 생활을 하느라 고등학교를 졸업한 지 3년이 다 되어서야 겨우 약속을 잡을 수 있었다. 타지 생활을 하며 새로운 사람들만 마주치던 나는 익숙한 사람을 만난다는 사실만으로도 기분이 좋았다. 처음에는 반가운 마음으로 서로의 근황과 고등학생 때의 재미있었던 일들, 사소한 고민을 이야기했다. 예전처럼 유명한 맛집을 예약해 함께 저녁을 먹었고 분위기 좋은 카페에 갔다. 그런데 친구와 시간을 보내는 동안 미묘하게 어색하다는 생각이 들었다. 나도 모르게 어떤 말을 해야 할지 고민하고 망설이게 되었고 잠깐의 침묵은 너무 길게 느껴졌다. 친구가 자꾸 내 말을 끊고 큰 소리로 말하는 습관이 있다는 것도 신경 쓰였다. 고등학생 때는 크게 개의치 않았던 것들이었다.

3년 전까지만 해도 우리는 모든 비밀과 속마음을 공유했고, 매일 함께 일상을 보냈다. 가족보다 서로를 더 잘 안다고 해도 과언이 아니었다. 그러나 지금은 우리 사이에 보이지 않는 벽이 하나 생긴 것 같았다. 각자 전혀 다른 환경에서 생활하고 있기 때문에 서로에게 일어난 일들은 처음부터 전부 다 설명해야 이해할 수 있었고, 함께 이야기할 만한 관심사들은 완전히 달라져 있었다. 고등학생 때는 하루 종일도 대화를 나눌 수 있었으니 당연히 대학생이 되어서도 그럴 수 있을 줄 알았다. 그런데 오히려 어색해져 버린 것이 속상하고 아쉬웠다. 꼭 내가 알던 사람과 전혀 다른 사람을 만난 것 같았다. 시간이 지났다는 이유만으로도 친했던 친구와 멀어질 수 있다는 사실에 집에 돌아오는 내내 기분이 이상했다.

그러다 문득 내가 친구를 다른 사람이 된 것 같다고 느꼈던 것처럼, 친구도 나에게 내 성격이 조금 달라진 것 같다고 말했던 것이 떠올랐다. 친구도 나도 3년 전과 완전히 똑같은 사람이 아니다. 과거와 성격이 달라졌기 때문이다. 우리는 끊임없이 변화하고 있다. 외적으로도 변하지만, 특히 내적인 변화는 더 크게 느껴진다. 성격의 변화만으로 전에 알던 사람이 전혀 다른 사람처럼 느껴지는 것도 그 이유에서일 것이다. 그렇게 우리는 시간의 흐름에 따라 누군가와 서서히 멀어지기도 하고 빠르게 가까워지기도 한다. 자신, 혹은 타인의 성격이 변하여 좋았던 사람이 싫어지기도 하고 싫었던 사람이 좋아지기도 한다. 어쩌면 인간관계에 가장 영향을 주는 건 시간의 흐름에 따른 성격의 변화가 아닐까?

심리학자 Erik Erikson의 심리사회적 발달 이론에 따르면, 성격은 전 생애에 걸쳐 발달하고 특히 성인 초기, 즉 대학생일 때의 성격 변화가 가장 크게 나타난다고 한다. 실제로 많은 사람들이 대학생이 된 후 낯선 환경에 적응하고, 새로운 사람들을 만나는 과정에서 성격의 변화를 경험한다. 또한 Erikson은 19~25세가 친밀감 대 고립감의 위기를 극복해 내야 하는 단계라고 설명했다. 성인 초기는 친밀한 관계 형성을 위해 우리라는 개념 속에 빠져드는 위험을 감수해야 하는 시기라는 뜻이다. 이를 형성하지 못한 성인 초기의 개인은 소외감과 고립감을 경험하게 된다. 친밀한 관계의 형성에 중요한 요소 중 하나는 바로 성격이고, 이에 우리는 자신과 비슷한 성격을 가진 사람과 관계를 맺고자 한다. 때문에 나와 성격이 다른 사람과는 자연스럽게 멀어지기도 하는 것이다.

생각해 보면 내가 대학생이 되면서 가장 변했다고 느꼈던 것도 인간관계였다. 고등학생 때는 친한 사이를 유지하기 위해 친구들에게 굳이 주기적으로 연락해야 할 필요가 없었다. 매일 복도와 교실에서 친구들을 마주쳤고, 함께 밥을 먹고 학교에 갔기 때문이다. 그러나 대학생이 되면서부터는 친구들과의 물리적, 심리적 거리가 이전과는 비교도 할 수 없게 멀어졌다. 딱히 할 말이 없어도 관계를 유지하기 위해 주기적으로 안부를 묻지 않으면 생일 축하 메시지를 보내는 것도 망설이게 된다. 자주 연락하지 않는 것을 절교의 신호로 받아들이는 사람도 있고, SNS 게시물에 '좋아요'를 누르는 것만이 유일한 교류가 되기도 한다.

옛날 친구들의 SNS 게시물만 봐도 과거와 성격이 많이 달라졌다는 것을 느낄 수 있다. 조용한 곳이 아니면 집중을 못 하고 스트레스를 받던 친구는 시끄러운 락 콘서트에 가는 것을 즐기고, 내향적이고 수줍음이 많던 친구는 대학 동기들과 매주 운동경기를 보러 다닌다. 아주 짧은 시간이 지났을 뿐인데 이젠 더 이상 서로 간에 공감대도 존재하지 않고, 우연히 마주쳐도 반갑게 인사하기보다는 어색한 미소만 짓게 된다. 꾸준히 연락하며 지내더라도 별거 아닌 것처럼 느껴졌던 친구의 단점이 갑자기 크게 보여 멀어지게 되기도 한다.

이러한 사실들을 처음 의식하게 되었을 때에는 결국 얼마나 친하든 간에 내가 원하는 만큼 오래 가까운 사이를 유지할 수는 없는 건지, 원래 인간관계가 다 이렇게 흘러가는 건지 고민이 많았다. 나만 혼자 철없이 고등학생 때의 관계에 머물러 있는 것처럼 느껴지기도 했다. 그런데 나를 포함한 모두가 그저 진짜 어른으로 성장하고 있는 것이라고 생각하면 마음에 작은 여유가 생긴다.

흘러가는 대로 살라는 말이 있다. 인간관계에 가장 잘 어울리는 말인 것 같다. 성격의 변화로 멀어지는 사람도 생기지만, 새로운 사람을 만나게 되기도 한다. 복잡하게 생각하지 말고 좋은 건 좋은 대로, 싫은 건 싫은 대로 그냥 두면 된다. 나에게 없던 성격 특질의 발달로 나는 더 성숙해지고 다채로운 사람이 될 수 있다. 예전에는 이유도 없이 싫었던 사람이 사실은 나와 잘 맞는 면도 있다는 것을 알게 되기도 한다. 성격의 변화는 관계의 가능성을 열어준다. 하나하나 의미 부여를 하며 스트레스를 받는다고 해서 관계가 유지되는 것도, 성숙한 관계가 만들어지는 것도 아니다. 그러니 중요한 것은 흘러가는 대로, 현재의 관계에 충실하고 변화를 받아들이는 것 아닐까?

생각을 바꾸면 세상이 바뀐다.

Change your thoughts and change your world.

- Norman Vincent Peale

● 김예현

잔잔한 일상 속에서 흘러나오는 소소한 행복의 순간을 발견하며 살아간다.

아픔이 지나가는 길

권희주
∞∞∞∞∞

　온 세상이 조용해졌다. 교실에서, 복도에서 학생들이 이야기하고 돌아다니며 소리를 내고 있음에도 아무것도 들을 수 없었다. "미안한데, 난 네 말 이해가 안 돼. 그냥 지금처럼 지내자." 한때는 친구였던, 이젠 친구라고 정의할 수 없는 관계가 되어버린 같은 반 학생에게 5초도 걸리지 않는 짧은 말을 들은 순간이었다.

　중학교 3학년, 나와 그 친구는 처음 만났음에도 잘 맞았다. 고등학교에 배정되었을 때, 그 친구도 나와 같은 학교라는 사실에 안도했고 함께할 학교생활이 기대됐다. 기대와는 다르게 고등학교 1학년, 나는 그 친구를 울렸다. 감정표현에 서툴렀던 나는 서운함을 친구에게 얘기하는 대신, 친구를 외면하는 방법을 선택했다. 내 감정에만 집중한 나머지, 내 결정이 친구에게 얼마나 큰 충격일지 생각하지 못했다. 친구와 한마디도 하지 않은 채, 하루의 반이 지났을 때, 다른 친구가 당황한 얼굴로 나에게 와서 그 친구가 울고 있다고 알려주었다. 친구가 울 것으로 생각하지 못했던 나는 바로 친구에게 갔다. 친구는 달라진 내 행동에 충격을 받았다고 이야기하며 쉬는 시간 내내 울었다. 나는 친구가 나에게 말을 걸어주길 원했다. 친구를 울리려고 무시한 것은 아니었기에, 같이 지내면서 한 번도 울지 않았던 친구가 우는 것을 보자마자 머릿속이 새하얘졌다. 친구에게 사과하면서도 내 행동에 문제가 있다고 생각하지 않은 것에서부터 관계는 위태로워지고 있었다.

사람은 같은 실수를 반복한다는 말처럼 고등학교 3학년 때 나는 그 친구에게 같은 잘못을 저질렀다. 우리가 걱정되었는지 선생님께서 나와 그 친구를 따로 불러 무슨 일이 있냐고 물어보실 정도였다. 아차 싶었던 나는 그날 친구에게 사과했다. 내 사과를 들은 친구는 고민도 없이 사과를 거절했다. 예상치 못한 상황에 당황한 나를 두고 먼저 집으로 가버렸고, 나는 한참 동안 그 자리에 서서 내가 거절당한 게 맞는지 되짚어 봤다. 홀로 집으로 가는 동안에도 상황을 받아들일 수 없었다. 오랫동안 친하게 지냈는데 친구가 사과를 거절했다 해서 우리 관계를 포기하고 싶지 않았다. 집에 도착하고 나서도 멍하게 앉아 있었다. 제대로 사과해야 한다는 생각에 친구에게 내가 왜 그랬는지, 어떤 기분을 느꼈는지 등 일기를 쓰는 것처럼, 아니 그보다 더 자세히 사과문을 썼다. 사과문을 친구에게 보내는 순간까지도 우리 관계를 다시 회복할 수 있을 것이라는 막연한 희망을 품고 있었다.

사과문에 답장조차 없는 친구를 다음날 학교에서 다시 만났다. 이번에는 그 친구가 나를 외면하고, 거부하고 있었다. 내가 친구를 외면할 때는 몰랐는데, 반대의 상황이 되니 친구가 느꼈을 충격이나 배신감을 확실히 알 수 있었다. 내 잘못을 알았기에 사과를 위해 말을 걸 용기조차 나지 않았다. 마음을 다잡았지만 거절당할지도 모른다는 두려움과 불안함 때문에 주저했다. 점심시간이 지날 때까지도 눈치만 보다가 시험을 볼 때보다 떨리는 마음으로 친구에게 말을 걸었다. 장소를 바꿔 복도 향했고, 나는 나가자마자 친구에게 내가 보낸 사과문을 봤는지 물었다. "그거 읽었어. 미안한데, 난 네 말 이해가 안 돼. 그냥 지금처럼 지내자." 변명할 시간도 주지 않고 가버린 친구, 한 학생의 뒷모습을 그저 바라볼 수밖에 없었다. 지금까지의 시간이 허무했다. 사과문을 쓰면서 품고 있던 희망이 산산조각 났다. 거절당했지만 난 관계에 미련이 남아 있었다. 처음 겪는 관계에서의 허무함에 눈물은커녕 웃음만 터졌다.

친구와 관계가 끊어진 것이 내게 스트레스를 줄 것으로 예상했지만, 스스로 통제할 수 있는 수준일 것으로 생각했다. 간과한 점은 내 잘못으로 안 좋은 결말을 맞이했다는 사실에 스스로에 대한 자신감이 떨어진 상태였다는 점이다. 객관적으로 나와 그 친구 사이의 일을 바라볼 필요가 있었다. 하지만 그 일을 떠올릴 때마다 내가 더 빨리 친구에게 말을 걸었으면, 다른 방법으로 내 서운함을 표현했더라면 그 친구와 지금보다 나은 관계로 남아 있었을 것이라는 생각이 끊이지 않았다. 시간을 되돌리고 싶었고, 그 상황에 대한 후회와 내 잘못에 대한 죄책감에 기분이 가라앉았다. 친구에게 화가 나기도 했고, 애초에 같은 반이 됐던 게, 그 친구와 친해져 버린 게 잘못된 것이라는 생각마저 들었다. 그 친구와 함께 보냈던 시간에 안 좋은 기억보다 좋은 기억이 많음에도 안 좋은 기억들만 떠올랐다. 좋았던 기억을 떠올릴 때면 내 잘못 또한 생각이 나버려서 떠올리기 싫었다.

한 명의 학생으로서 하루하루를 보내면서 공부, 잔소리, 시험 등 여러 요인이 스트레스를 준다고 생각했다. 하지만 친구와의 일로 통제할 수 없는 스트레스를 느끼면서 지금까지 겪어온 스트레스가 통제할 수 있는 스트레스였기에 내가 멀쩡했던 것이라는 생각이 들었다. 스트레스를 통제해 보려 할수록 통제가 안 된다는 사실만 느끼고 나중에는 자포자기 상태가 되었다. 내 상황처럼 피할 수 없는 힘든 상황을 반복적으로 겪게 되면 그 상황을 피할 수 있는 상황이 와도 극복하려는 시도조차 없이 자포자기하는 현상을 학습된 무기력이라고 한다. 학습된 무기력은 우울로 이어질 수 있고, 나도 예외는 아니었다. 무기력을 학습한 상황에서 다른 친구도 잃으면 어떡하지라는 두려움과 관계를 유지할 수 있을까 하는 불안감이 우울로 이어졌다. 막았어야 했지만, 그때의 나는 그럴 힘도, 의지도 잃어버린 상황이었다.

대학생이 되고 그 일을 겪은 지도 오랜 시간이 지났지만, 떠올릴 때마다 기분이 가라앉는다. 고등학생 때와는 달리 격렬한 감정을 느끼진 않는다. 그때 부모님도 걱정하실 만큼 힘들어하고 괴로워했던 게 다행이라는 생각이 들 정도다. 불처럼 그 일에 내 모든 감정을 쏟았고, 지금은 재만 남은 기분이다. 빠르고, 바쁘게 돌아가는 사람들의 생활은 개개인에게 슬픔과 고통을 느낄 수 있는 시간을 주지 않는다. 사람들은 슬퍼하거나 힘들어할 시간 없이 하루를 보낸다. 그렇더라도 한 번은 슬픔에 종일 울어 보기도 하고, 괴로움에 몸부림쳐도 괜찮다고 생각한다. 단단해서 변하지 않을 것 같은 바위도 물방울이 계속 떨어지면 물이 지나는 길이 생긴다. 물길은 훗날 폭포나 계곡 같은 다양한 모습을 보여준다. 이처럼 아픔이 지나가는 길이 생긴다면 개개인의 마음이 다양한 면모를 보이며 스스로 성숙해질 수 있지 않을까?

끝이 났다고 슬퍼하지 마라.
그 일이 일어났기에 미소 지어라.

- Dr. Seuss

● 권희주

길을 잃고 헤매는 사람들에게 방향을 제시해 주면서도 자신의 길을 꾸준히
걸어가고 싶은 사람.

잃어버린 관계와
나의 서사

김예진

그 친구와 처음 만난 것은 중학교 1학년 때였다. 방송반에 합격하면서 우리는 3월의 어느 날 만나게 되었다. 조금 친했던 다른 방송반 친구들에 비해 그 친구와는 전혀 친분이 없었지만, 같이 방송반 일을 하며 점점 가까워졌다. 해가 쨍쨍하던 여름에 방송반 스튜디오에 앉아 있던 우리는 같은 고민을 하고 있다는 공감대를 공유하면서 점점 친해지게 되었다. 같이 등교하고, 서로의 집에 놀러 가며 공부부터 시내에 나가 노는 것까지 우리는 모든 것을 함께 했다. 서로의 집에서 잘 때엔 당연히 함께할 미래에 관해 끊임없이 상상하곤 했다. 20대에도, 30대에도, 그리고 40살이 넘어서도 어떤 일이든 옆에서 서로를 응원하며 함께

할 우리의 모습을 이야기하며 기대하였다. 그리고 스무 살이 되던 해에 우린 남보다 못한 사이가 되었다.

같은 중학교를 졸업하고 다른 지역의 고등학교로 진학하게 된 그 친구는 기숙사 학교에 살면서 밤마다, 그리고 시간이 날 때마다 나에게 전화와 문자를 하였고 우리는 매일 서로의 일상을 공유하였다. 떨어져 있어도 서로에 대해 궁금해하고, 걱정하면서 우리는 서로에게 가장 든든한 지지기반이 되었다.

내 입장에서 보자면 우리가 멀어지게 된 시작점은 그 친구의 사소한 행동이었다. 우리 둘의 관계에 다른 사람이 끼면서, 그리고 우리가 약속했던 일에 대해 함께하지 못한다는 일방적인 통보를 듣게 되면서 그 친구에 관한 나의 실망감은 커져갔다. 내가 그 친구를 생각하는 것만큼 그 친구가 나를 생각해 주지 않는 느낌이었다. 다른 친구였다면 진작 관계를 정리하거나 멀어질 정도의 실망감이었지만 그 친구는 나에게 있어 특별한 존재였다.

그 아이는 나의 모든 인간관계의 뿌리였다. 그 친구와 친해진 이후, 나는 모든 관계를 여유롭게 대할 수 있었다. 내가 그럴 수 있었던 것은 어떤 상황이 와도 내 옆엔 그 친구가 있을 것이라는 나의 중심점에 대한 믿음이었다. 하지만 그 믿음이 무너지고 뿌리가 흔들리기 시작한 이후, 인간관계에 있어 큰 회의감을 느꼈고, 이를 어떻게 대처해야 할지 모르겠는 혼란 속에서 혼자 끊임없이 생각하기 시작하였다.

왜 우리가 이렇게 멀어지게 된 것인지부터 이 관계를 어떻게 해야 하는지에 이르기까지 수없이 고민하였다. 누가 물어봐도 나의 가장 친한 친구는 그 아이였지만 어느 순간부터 내 행동은 그 친구를 피하고 있었다. 만나자는 말에, 여행을 가자는 친구의 제안에 나는 어느 순간부터 바쁘다는 이유로, 피곤하다는 이유로 그리고 언제부터인지 먼저 연락하지 않는 행동으로 나는 친구에게 대답하고 있었다. 그럼에도 내 머릿속에서 그 친구는 나의 가장 친한 친구였다. 그 괴리 속에서 난 심리적 불편감을 느끼고 있었다.

Leon Festinger의 인지부조화 이론에 따르면 사람들은 그들의 신념, 태도 그리고 행동에서 불일치가 존재할 때, 심리적 불편감을 느끼고 이는 사람들로 하여금 행동을 합리화하거나 태도를 바꾸도록 이끈다. 사람들은 심리적 불편감을 느낄 때 부조화를 줄이기 위해 노력하고, 부조화를 줄이기 위한 세 가지의 주된 방법이 있다. 첫째, 인지 중 하나를 바꾸기 둘째, 두 인지 간의 불일치가 적어 보이게 만들어 주는 제3의 인지를 추가하기 셋째, 불일치하는 인지를 가볍게 여기기이다.

난 그때의 그 친구를 생각하기만 하면 심리적 불편감을 느꼈다. 나는 그 친구를 가장 친한 친구이자 의지하는 대상이라고 생각하는 나의 인지와 계속 접점을 피하고 굳이 마주치지 않으려는 행동 간의 불일치에서 심리적 불편감을 느꼈다. 내가 세 가지의 방법 중 선택한 것은 인지를 바꾸는 것이었다. 난 더 이상 그 친구와 가장 친한 관계도 아니고 가장 의지하는 관계도 아니라는 사이를 인지하는 것이 첫걸음이었다. 우리는 더 이상 서로의 안부도 가볍게 묻지 못하게 되었고 결국 남보다 못한 사이가 되었다는 우리의 관계 변화를 인정함으로써 그 친구에게 가지고 있던 심리적 불편감을 해소하였다.

지금 와서 생각해 보면 그 누구의 잘못이라고 할 수 없다. 지금의 나는 오히려 우리가 멀어지게 된 것은 내가 너무 과거에 얽매였기 때문이라고 생각한다. 행동으로 인한 우리 상황의 변화는 친구가 만들었지만 나는 변화하는 우리의 모습과 상황, 그리고 관계에 대해 받아들이는 과정에서 너무 미성숙하게 행동하였다. 나는 친구에게서 과거의 모습만 찾았고, 당연히 변화할 수밖에 없는 상황 속에서 친구가 변한 것이라고 생각하였다.

심리적 불편감을 해소하기 위해 인지를 바꿈으로써 모든 것이 해결되는 것이 아니었고, 오히려 이는 관계 정리의 시작점이었다. 그 친구와 남보다 못한 사이가 되었다는 불편한 진실을 마주하는 데에는 용기와 시간이 필요했고, 우리 관계에 관한 새로운 정의를 인정하는 데에는 많은 어려움이 있었다. 7년이라는 시간을 함께 보낸 친구를 떠나는 것은 쉽지 않았지만 그러한 경험을 통하여 조금 더 성장한 나를 만날 수 있었다. 관계는 언제든 변할 수 있고, 의존할 수 있는 사람이 존재한다는 사실은 안정적일 수도 있지만, 동시에 나에게 위험한 무기가 될 수 있다는 것도 깨닫게 되었다.

심리학에는 자기서사라는 개념이 존재한다. 자기서사란 개인의 과거, 현재, 그리고 가능한 미래를 연결하는 일관성 있는 삶의 이야기이다. 우리는 스스로를 이해하기 위하여 자기서사가 필요하다. 개인적인 경험은 밑거름이 되고, 자신의 경험을 이해하는 것은 현재의 내가 어떻게 행동할지 효과적으로 판단할 수 있게 하며, 미래의 도전과 어려움을 극복할 수 있도록 도움을 준다. 자기서사 속에서 우리의 모든 경험은 소중하고, 지속적이며 이 모든 것이 연결될 때 심리적 안정감이 생긴다.

현재의 나는 과거의 내가 모인 것이며, 미래의 나는 현재의 내가 합쳐진 것이다. 10대 때 가장 소중했던 친구를 잃었던 경험은 20대의 나에게 의존적인 태도로 관계에 빠지지 않도록 도움을 주는 나침반이었다. 이는 누군가의 존재로 단단한 내가 아닌, 내가 나 자신을 안전하게 보호할 수 있도록 변화시켰다. 아직도 미성숙한 20대의 나의 모습이 또다시 30대의 나를 이룰 것이다. 그러한 과정 속에서 끊임없이 새로운 나를 발견하고 무한한 혼란 속에서 심리적 불편감을 해소하며 나라는 존재를 확립해 나갈 것이다. 그리고, 나의 이야기는 앞으로도 계속될 것이다.

성장하기 위해서는 변화해야 한다.

그리고, 완벽해지기 위해서는 계속해서 변화해야 한다.

- Winston Churchill

● 김예진

다양한 일과 공부와 사람과의 경험을 통해 좌절하고 성공합니다.
그러한 나의 세상을 끊임없이 재정의하며 발전하고 있는 평범한 대학생입
니다.

_____ 김예진

지금도 하는 중

이단비
ᐯᐯᐯᐯᐯᐯᐯ

성인이 되어 부모님의 이혼을 겪는 것은 아마 흔한 일은 아닐 것이다. 담담하게 받아들여도 현실적이고 또 지극히 개인적인 이유로 불편하고 두려울 것이다. 이 글이 나와 비슷한 사람에게 조금이나마 위로가 되었으면 한다.

일주일 중 하루, 토요일은 가족이 한자리에 모여 밥을 먹는 유일한 날이었다. 따로 떨어져 살아 그런 거냐 묻는다면 아니다. 주말에 약속을 잡는 게 어려웠던 내가 친구들 눈에는 바쁜 와중에도 주말은 꼭 함께 보내는 화목한 가정으로 보였던 걸까? 다들 부러워했다. 부러움의 시선 끝에 따라오는 "역시 가정환경은 정말 중요해."라는 말은 나를 어떤 말도 할 수 없게 만들었다. 그렇게 매번 나는 크게 부정하지도 긍정하지도 않은 채로 화제를 돌려버렸다.

사실은 그렇지 않다는 걸 알게 됐을 때 나라는 사람이 거짓으로 비추어질까 두려웠다. 그때부터 이혼가정은 절대 되지 않기를 바라며 싸우면 싸우는 대로, 마주하지 않으면 또 그런대로 나는 중간에서 엄마, 아빠를 이해한다 말하고 위로했다. 어리게 굴지 않아서 그랬던 건지 서로 기대지 못한 탓에 기댈 수 있던 사람이 내가 유일했던 건지 필요 이상의 이야기를 듣고 위로해야 하는 상황은 나에게 버거웠지만 엄마, 아빠로서 언제나 최선을 다하는 그들에게 나도 딸로서 당연히 해줄 수 있는 역할 중 하나라고 생각했다.

하지만 내 노력과 상관없이 더 이상 나아지지 않는 현실의 벽은 점점 크게 다가왔고, 나에게 인지부조화가 생기기 시작했다. 여느 때와 마찬가지로 털어놓는 이야기에 이해한다며 토닥이는데 알 수 없는 감정들이 울렁이기 시작한 것이다.

그렇게 21살이 되던 해, "나 듣기도 싫고, 이해하기도 싫었어. 나는 이렇게 눈치 보고 힘든데 둘은 나한테 미안하지도 않아? 이제 그만할래."

묻어두고만 있던 진심을 꺼내 던져버렸다. 그렇게 울렁거리던 감정들을 어느 정도 진정시키고 나니 지금까지 외면했던 불편함과 마주해야겠다는 생각이 들었다.

심리학에서는 개인의 믿음이나 태도가 행동과 일치하지 않을 때 느끼는 불편함을 인지부조화라고 말한다. 이를 해소하기 위해 사람들은 기존의 태도나 행동을 바꾸게 된다. 무엇을 우선순위로 둘 것인가에 따라 변화시키는 것이 달라지기도 하고, 당장 모든 것을 일치시킬 수 없을 땐 타협하여 점진적으로 해소하기도 한다.

한 번에 모든 걸 바꿀 수 없었던 나는 타협했다. 아무리 하고 싶어도 해결할 수 없는 상황은 나의 책임이 아니라는 것과 각자의 상황에서 모두 충분히 애썼음을 인정하고 이해해 보려 했다. 부모가 아닌 나와 같은 한 사람으로 바라봤을 때, 엄마, 아빠도 서로에게 벗어나고 싶었지만 부모라는 책임감으로 오래 참고 버텼다는 생각이 들었다. 그렇게 갈등 속에서 버티는 동안 보였던 부족한 부분은 딸이 아닌 사랑하는 한 사람으로서 안아주기로 했다. 여기까지 오는 데만 긴 시간이 걸렸고, 아직도 완벽하게 이해하지는 못한다.

후에 나를 아끼는 사람들에게 내 이야기를 털어놓기 시작했다. 이야기를 가만히 듣던 한 친구는 "고생했네. 너 변함없이 나한테 멋진 사람이야. 매번 받기만 했는데 기대줘서 고마워." 담백하게 말하며 전과 다르지 않게 나를 대했다. 또 조금 다르지만 나는 이랬다며 자신의 한 부분을 담담히 꺼내 보여주며 위로하는 친구들도 있었다. 두려워했던 것과 달리 나를 의심하지 않고 그대로 바라봐 주는 사람들이 있어 완전히 내려놓지는 못했지만 나를 향한 시선의 무게를 덜어내고 있는 중이다.

"무사태평해 보이는 사람들도, 마음 밑바닥을 두드려 보면, 어쩐지 슬픈 소리가 난다."

아끼는 소설 속 고양이의 말이다. 겉으로는 아무렇지 않은 듯 보여도 속으로는 여러 부조화에 좌절하기도 하고, 어떻게든 없애보려 정신없이 헤매고 매 순간을 버텨내기도 한다. 그 형태와 크기는 조금씩 다르지만 모두가 겪고 있을 것이라 생각한다. 그러니 외면하지 않아도 괜찮다. 그때 자신의 선택에 쏟았던 시간과 노력을 아까워하지 않아도 된다. 모두가 이런 부조화를 겪는다고 해서, 모두가 극복하기 위한 노력을 하는 것은 아니기 때문이다. 스스로를 토닥이길 바란다.

세상에 정상적인 사람이 있다면
그건 당신이 잘 모르는 사람일 뿐이다.

- Alfred Adler

● **이단비**

내 안에서 일어나는 갈등은 진정으로 원하는 나를 만들기 위해 매 순간 고
민하고 있다는 것을 보여준다. 시간이 조금 걸려도 머무르지만 않는 사람
이 되기 위해 노력하고 있다.

이별을 겪고 있는
이들에게 도착한 편지

허지민
∞∞∞∞∞∞

"내가 너 없이 어떻게 살아." 눈물 콧물 다 쏟아내며 그에게 외쳤다. 그러다 내 눈물에도 차가운 그의 눈을 봤을 때, 깨달았다. '아 우리 정말 헤어지는 거구나.' 2년이라는 시간 동안 그는 내 첫사랑이었고, 아빠였고 세상이었다. 그랬던 그 사람이 떠나가고 나는 처음으로 '이별'이라는 것을 겪었다. 이 글을 읽는 사람들 중 이별을 과거에 이미 겪어냈던 이도 있을 것이고, 현재 겪고 있는 이도 있을 것이다. 나는 여러분에게 이 글을 통해 "모든 게 다 괜찮다."라고 말해주고 싶다.

나의 경험을 이야기해 보자면 처음 사랑을 알게 해준 이와 2

년 동안 뜨겁게 사랑을 했고, 너무나도 아픈 이별을 맞이했다. 초반에 말했듯이 나에게 그는 지구였고, 세상이었다. 오리들은 태어나서 처음 본 생물을 부모로 인식하고 따라다닌다고 하는데, 이를 심리학 용어로 '각인'이라고 부른다. 어떻게 보면, 먼 타지 생활에서 그는 나에게 '각인'되었던 것 같다. 그런 그와 이별을 겪은 후 스무 살부터 쌓아 올렸던 자그마한 세상이 무너졌다. 입맛이 없는 건 일상이 되었고, 일상을 잘 살아가다가도 눈물을 흘리곤 했다. 물론 지금도 그가 가끔 생각나고 슬픔이라는 감정은 남아 있다. 하지만 이상하게도 내가 상상했던 것처럼 죽도록 힘들지는 않았다. 오히려 아주 많은 것을 깨달을 수 있었다. 그와 헤어지며 "내가 너 없이 어떻게 살아."라고 소리쳤지만, 3주가 지난 지금 생각보다 잘 살고 있다. 밥도 잘 먹고, 새로운 사람들도 만나고, 친구들도 편하게 자주 만난다. 우리는 미래에 일어날 우리의 감정을 과대해석 해버리는 경향이 있다. 지금 생각해 보면, 그러한 과대해석으로 인한 두려움에 끝냈어야 했던 관계를 끝내지 않고 질질 끌었던 것 같다. 결국 나는 '헤어질 용기'가 없었다. 헤어짐으로 인한 아픔을 과대해석 했고 그 사람에게 너무나도 많은 것을 의존하고 살아왔다. 이 글을 읽는 20대 초반의 친구들이라면, 처음 경험하는 사랑이다 보니 너무나도 소중해서 무슨 일이 벌어져도 깨지고 싶지 않을 것이다. 물론, 안 깨지고 30살, 40살까지 간다면 아주 좋은 결말이다. 나도 그걸 응원하고 충분히 그럴 수 있다고 생각한다. 하지만, 첫 연애란 약간은 미숙한 경향이 있기에 생각처럼 원활하게 진행되지는 않을 가능성 또한 있다. 그렇기에, 이별에 대한 가능성을 아예 막아놓고 연애한다면 오히려 이로 인해 현명하지 못한 선택을 할 수도 있다. 상대에게 집착이 심해진다든가, 상대가 용납할 수 없는 큰 잘못을 했는데도 용서하고 넘어가 주는 것과 같은 선택 말이다. 물론 첫 연애기에, '이별할 용기'가 없는 건 너무나 당연한 일이다. 나 또한 그랬었고, 이 세상 많은 사람들이 첫사랑에는 바보가 될 것이다. 그러니 용기가 없는 자신의 모습을 보고 부끄러워하거나 '내가 이상한가?'와 같은 생각은 안 하기를 바란다. 이렇게 자책하기보다 내가 많이 사랑했었구나 정도에서 끝내는 건 어떨까. 누군가를 그렇게까지 사랑하는 건 부끄러운 게 아니라 멋있는 일이다.

다시 돌아와서 '이별할 용기'에 대한 이야기를 해보자. 사람들은 대개 첫사랑에 아주 특별한 자신만의 의미를 부여하곤 한다. 마치 이 사람과 결혼까지도 할 것만 같고, 흔해 빠진 사랑과 달리 우리의 사랑은 너무 견고해서 잘 흔들리지 않을 것이라고 말이다. 이렇게 특별함을 부여하다 보니, 이 특별한 사랑이 평범한 사랑으로 변질되는 '이별'을 선택하는 건 어려운 게 당연하다. 다른 누군가가 이를 '실패'라고 생각할까 봐 두려울 수도 있다. 나 또한 첫 이별이 마치 '실패'한 것처럼 느껴졌다. 그래서 이별 직후 일주일 동안은 헤어짐을 꼭꼭 숨기면서, 잘 사귀는 척하며 보냈다. 오래 사귄 만큼 헤어짐을 이야기하기가 힘들었고, 부끄러웠다. 하지만 이제는 안다. 이별은 실패나 부끄러운 일 따위가 아니라 그저 조금 슬프고 위로받는 일이라는 것을. 물론 나는 아직도 이별을 겪고 있다. 하지만 함께 이별을 겪어내고, 겪고 있는 '이별 동지'로서 여러분에게 이별을 극복하는 나만의 방법을 알려줄까 한다.

첫째, 겉옷을 챙겨라. 혹시 이별의 슬픔에 갇혀 침대에 무기력하게 누워 있지는 않은가? 그럴수록 계속해서 이별을 반추^한 _{가지 일을 반복해서 되새기는 것}하게 될 뿐이다. 반추는 우울증에 영향을 줄 정도로 정서에 좋지 않은 대처방식이다. 이러한 반추를 멈추기 위해 일단 겉옷을 챙겨서 밖으로 나가자. 가벼운 산책도 좋고, 헬스장에 가서 운동을 하는 것도 좋다. 새로운 자극을 줘서 감정을 리프레시해 주자. 나는 새벽에 눈물이 나기 시작하면, 새벽공기를 마시러 밖으로 나갔다. 이상하게 산책을 하다 보면 머리가 맑아지고 뜨거웠던 눈물이 차가워지는 경험을 하게 된다.

둘째, 따스한 온기를 느끼자. '사회적 지지'라는 심리학 개념이 있다. 사회적 지지는 주변 사람으로부터 받는 support이다. 나의 슬픔은 사회적 지지가 가장 많이 지워줬다. 이별 일주일 후에, 용기를 내어 적극적으로 주변 사람들에게 이별한 사실을 알렸고 그에 따라 많은, 다양한 위로를 받을 수 있었다. 친구들과 놀면서 이별의 아픔을 많이 씻어내기도 했다. 적극적으로 위로를 받는다면, 생각보다 여러분의 주변엔 여러분을 생각하고, 아껴주는 사람이 많다는 것을 알게 될 것이다. 그저 뜨거운 사랑을 하면서 인간관계의 초점이 그 사람에게 가 있었을 뿐이다. 여러분 주위 사람들의 따스한 온기를 느끼다 보면, 떠나간 이의 빈자리가 채워질 것이다.

마지막으로, 눈물을 흘려라. 처음에 나는 마음이 아픈 게 싫어서 애써 괜찮은 척, 슬픔이라는 감정을 외면했다. 흘러내리는 눈물은 어쩔 수 없지만, 마음이 아프기 시작할 때면 친구한테 전화해서 재밌는 얘기를 들으며 슬픔을 회피했다. 이렇게 나름대로 열심히 피해 보았지만, 최근 들어 슬픔은 인정하고 가져가야 하는 감정이라는 사실을 받아들이게 되었다. 그렇게 커다랗던 사람이 나가고 큰 구멍이 생겼는데, 어떻게 조금도 안 시리겠는가. 울거나 마음이 아픈 걸 두려워하지 말아라. 그저 시간이 지나면 아물게 될 성장통일 뿐이다. 우리는 분명 이 슬픔을 통해 많은 것을 배울 수 있고, 슬픔은 우리의 행복에 도달하기 위해 밟는 작은 자갈들일 뿐이다.

　　이별로 아파하고 있는 이들, 이별로 인한 아픔이 두려운 이들에게 마지막으로 해주고 싶은 말이 있다. 우리 모두에게는 '회복탄력성'이라는 것이 존재한다. 회복탄력성은 슬프고 힘들더라도, 탄력을 발휘해서 원래의 상태로 돌아가는 것을 의미한다. 이는 심리학에서 과학적으로 증명이 된 개념이며 우리들의 보편적인 반응이다. 하다못해, 사별을 겪은 이들에게도 회복탄력성이 발휘되어 원래의 감정 상태로 돌아가게 된다. 나는 그 회복탄력성을 믿고, 앞으로 나아가기로 했다. 이 글을 읽은 여러분도 덜 슬프고, 더 행복해질 수 있다는 희망을 가지게 되었기를 바란다. 이별은 그저 스쳐 지나가는 바람일 뿐, 조용히 흘러갈 것이다.

흔히 우리는 닫힌 문을 너무 오래 보고 있어서
열린 문을 너무 늦게 발견하게 된다.

- Alexander Graham Bell

● **허지민**

여러분과 똑같은 평범한 대학생 허지민입니다. 작가보다는 친구라고 생각
하고 읽어주세요.

📷 _jxx._.u

의지하여 존재함

강다빈

지난 20여 년간 나의 인생을 한 마디로 함축하자면 '불안정함'일 것이다. 말 그대로 한평생을 불안정하게 살아왔다. 타고난 기질이 그런 건지, 아니면 성장하며 겪었던 여러 사건에 의해 형성된 것인지는 알 수 없다. 나는 불안정한 만큼 상당히 의존적인 성향도 가지고 있다. 예를 들어보자면, 편의점에 잠깐 들러 과자를 고를 때 친구들에게 연락해 의견을 묻는다. 오후 10시가 넘어 밥을 먹기에 애매하지만 배고플 때 친구나 가족에게 연락해 밥을 먹을지 말지 선택해 달라 부탁한다. 이처럼 단순한 선택, 선호마저 타인의 결정에 의존하니 자연스럽게 나의 선호는 무엇인지 알려고 하는 시도조차 하지 않았다. 일상 속

마주하는 선택 상황에서 나는 타인의 결정을 선택하곤 한다. 누군가는 나의 이런 성향조차 선택이라고 이야기해 줄 수도 있다. 하지만 나는 선택이 아닌 의존의 결과였다고 단언한다.

이런 나에 대해 수백 번의 생각과 고찰을 해봤다. 몇 번을 고민해도 깔끔한 결론은 내릴 수는 없었다. 그럼에도 원인을 어렴풋하게 짐작해 보자면, 심리 개념 중 '자기 복잡성'과 '타인의 평가'로 설명할 수 있을 것 같다. 나는 발산하는 사고가 어려운, 조금은 꽉 막힌 사람이라고 생각한다. 그런 만큼 다양한 역할과 방면으로 나 자신을 설명하는 게 어렵다. 한 마디로 자기 복잡성이 높지 않다. 하나의 나만으로 나 자신을 설명하고 규정하는 게 편하다. 하지만 자기 복잡성이 높지 않으면 그 단 하나의 내가 부정당할 경우 낙담과 같은 부정 정서를 경험하기 쉽다. 예를 들어 공부를 잘하는 '나'가 유일할 경우 성적이 낮게 나왔을 때 공부를 잘하는, 운동을 잘하는, 말을 잘하는 등 여러 가지의 '나'를 규정하는 사람들에 비해 낙담할 가능성이 크다. 나에게 나는 오직 그런 사람이라는 생각이 기저에 깔려 있고, 그런 나의 면과 반대되는 일이 일어나면 다른 나의 면으로 상쇄할 수 없기 때문이다.

내가 직접 이야기하기엔 부끄럽지만, 어린 시절 나는 공부를 곧잘 하는 아이였다. 나에 대한 주변인의 평가도 나의 평가와 동일했다. 자연스럽게 공부를 잘하는 내가 단일한 나 자신이 되었다. 그렇게 느껴왔던 뿌듯함도 잠시, 공부에 대한 열정은 한순간 식어버리고 말았다. 공부를 잘하는 나만이 나의 유일한 설명이었는데 이를 충족하질 못하니 좌절하는 일이 많아졌다. 지금 와서 돌이켜봤을 때 사실관계와 관계없이 공부를 잘하는 나는 내가 진정으로 원하는 나의 모습이 아니었다. 그 이후로도 내가 규정했던 단 하나의 나 자신을 부정당하는 경험이 많았던 나는, 나 자신을 타인이 평가하는 나로 여러 역할의 나를 규정짓는 경우가 많아졌다. 그편이 나에게 있어 편하고, 쉬웠기 때문이다. 다양한 내가 생기면서 좌절을 겪는 일이 줄어들었다. 타인의 인정을 받으면 기분이 좋았다. 그걸로 나 자신이 충족된다고 믿었다. 흐릿하고 불안하기만 한 나의 앞날을 타인이 잡아주고 있는 것 같다는 믿음이 생겼다. 그렇게 나 자신을 돌아볼 생각은 하지 않고 그저 보이는, 타인이 이야기해 주는 나만 수용하니 타인의 결정 없이는 나 스스로 결정을 내릴 수 없게 됐다. 의존의 시작이었다.

언젠가 한 번은 자꾸만 의존하는 내가 싫어 극단적으로 타인과의 연락을 줄이려 한 적도 있었다. 당연한 이야기지만 건강하지 못한 방법이었다. 오히려 내가 바라는 나와 현실의 내가 계속해서 충돌해 괴로움만 더해졌다. 의존을 극복하는 데 있어 가장 우선되어야 하는 행동은 의존하는 나조차 수용하는 것이다. 의존하는 기질의 사람도 존재한다. 그런 사람이 억지로 타인을 의존하지 않으려 하면 오히려 좋지 않은 결과를 낳는다. 억지로 의존하지 않으려 하기보다 나를 수용하고, 내가 어떤 사람인지를 생각해 보는 것이 중요하다. 내가 정립되어야 타인에게 의존하지 않을 수 있다. 의존을 극복하는 것은 그다음이다.

의존 성향이 있는 사람들은 모두 다양한 원인을 갖고 있을 것이다. 어떤 누군가는 애착 형성의 문제, 어떤 누군가는 불안을 해소하기 위해, 어떤 누군가는 그렇게 행동하는 게 그저 편하기 때문일지 모른다. 당연히 모든 의존이 나쁘다고는 할 수 없다. 서로의 이해관계가 일치하는 경우 서로를 독려해 주고 아껴주고 편이 되어주는, 그 어느 관계도 비할 수 없는 소중한 관계가 될 수도 있다. 적당한 의존은 불안을 해소하고, 결단력을 높여주며 사회적 지지를 제공한다. 하지만 일방적인 의존은 상대방에게 부담이 될 수 있다는 것을 인지하는 것이 좋다. 의지와 의존은 한 끗 차이다. 의지는 타인에게 기대 도움을 받는 것이라면, 의존은 타인에게 의지해 존재하는 것을 의미한다. 나의 존재 이유는 타인이 정립해 줄 수 없다. 이 문장은 과거의 나에게 너무 외로우면서 괴로운 문장이었다. 동시에 앞으로의 인생에 있어 한 줄기 빛이 되어줬다.

나는 여전히 의존적이다. 하지만 이제는 타인을 의존하지 않고 의지하려 노력하고 있다. 그간 나는 나 자신을 위해서가 아닌, 타인을 위한 삶을 살아가고 있다는 생각을 떨칠 수 없었다. 그게 사실이었다. 나를 규정함에 있어 타인의 존재가 필수불가결했고, 타인이 규정해 준 나로서 살기 위해 진짜 나의 모습이 아닐지라도 부득불 노력했다. 당연히 행복할 수 없었다. 의존하는 나를 이해하고 그 자체로 수용하려 해본 적도 없었다. 왜냐하면 그건 타인이 규정해 준 내가 아니었기 때문이다. 내가 좋아하는 게 무엇이며 원하는 게 무엇인지 관심을 두지도 않았다. 철저하게 나 자신을 무시하면서 타인이 규정해 준 나를 채우려 했다. 응당 그래야만 한다는 생각은 가지고 있는데, 그 생각의 시작점이 어딘지 도저히 모르겠는 경우가 대다수였다. 이 모든 모순을 깨닫기까지 오랜 시간이 걸렸다. 나의 모든 면, 의존하는 나까지도 수용하려 하니 이상할 게 없었다. 어쩌면 당연할 정도로 명확했는데 나 혼자서만 부정하고 있었던 거일지도 모르겠다.

학창 시절, 자꾸만 타인에게 의존하던 나에게 정당성을 부여하려 메모장에 적어 뒀던 말이 있다. "인간이 왜 인간일까, 人間, 사람 인에 사이 간을 써서 인간, 결국은 인간은 혼자서는 살아가기 힘든 사회적인 동물이라는 뜻이 아닐까?" 여전히 동의하는 문장이지만 이제 나는 나에게 정당성을 굳이 부여하지 않는다. 의존하는 나도 결국 나의 일부에 불과하기 때문이다. 이를 인정하고 수용하니 선택에 있어 생각보다 많은 일들이 별거 아닌 일로 느껴졌다. 내가 좋아하는 게 뭔지 이제야 궁금해졌고, 그것을 좇기 시작하고, 싫어하는 건 하지 않게 됐다. 세상은 의외로 간단하게 굴러간다는 걸 이제야 알았다. 의존에서 완전히 벗어나진 못했지만, 의존하는 내가 전부였던 세상에서 의존하는 내가 나의 일부로 정착하기까지 많은 생각의 변화가 필요했다. 처음에는 마냥 수용하고 인정하는 게 어려울지 모른다. 하지만 의존하는 나로만 자신을 규정해 버리면 그 이후의 단계로는 나아갈 수 없다. 물론, 의존이 꼭 나쁘지만은 않다는 것도 함께 기억해야 한다. 그러다 보면 언젠가 분명히 홀로 서 있어도 괜찮은 자신을 볼 수 있게 될 것이다.

강다빈

자신이 어떻게 변해왔는지 알려면
변하지 않은 곳으로 돌아가는 것보다
더 좋은 방법은 없다.

- Nelson Mandela

● 강다빈

평균의 삶이 목표이자 꿈입니다. 훗날 과거를 돌이켜 봤을 때 후회가 남지
않는 삶을 살아가고 싶습니다.

따스한 귀갓길

김예서
◇◇◇◇◇◇

19살, 대학 입시를 위해 달려온 나날들을 마무리하며 후련한 마음으로 일상을 보냈다. 수능을 준비하는 수험 생활과 크게 달라진 점은 시간과 일상의 여유의 유무였다. 수능이 끝나고 생긴 온전한 나의 시간인 여유 시간에 무엇을 해야 하나 혼자 고민하고 있을 무렵, 같이 무료한 일상을 보내던 친구가 갑자기 아르바이트해 보고 싶다며 알아보기 시작했다. 친구가 아르바이트를 한다는 영향이었는지 '나도 아르바이트를 해볼까?'라는 생각에 지원해 봤고 운 좋게 바로 붙어 아르바이트를 시작할 수 있었다.

처음 일했던 아르바이트는 평범한 고깃집 아르바이트였다. 당시 아르바이트를 해보지 않았던 나도 고깃집 아르바이트가 힘들다는 것을 알고 있었다. 근데 왜 굳이 힘든 고깃집을 선택했던 이유는 총 세 가지로 설명할 수 있었다. 첫 번째 이유는 집에서 걸어서 10분 거리에 위치해 출퇴근으로 인해 생기는 교통비가 발생하지 않는 점, 두 번째 이유는 최저시급이 7천 원대인 다른 아르바이트와는 다르게 9천 원 시급을 주기 때문에 잠깐 몸이 힘들어도 받는 돈은 친구들에 비해 많았던 점, 마지막으로는 19살, 막 수능이 끝난 고등학생을 아르바이트를 뽑는 곳이 거의 없었는데 이 고깃집은 앞의 이유도 있으면서 19살도 뽑아주었기 때문이었다.

처음 해보는 아르바이트에 설레었던 19살의 나는 일을 시작하고 빠르게 그 마음이 식어버렸다. 고등학교에서의 나는 친화력이 좋은 아이였다. 친화력을 바탕으로 친구들도 많았고 선생님들과의 관계도 좋았기 때문에 인간관계에 있어선 스트레스를 받아본 적이 없었다. 그러나 아르바이트에서는 달랐다. 학교 내의 생활이 아닌 실제 사회생활은 나의 기존 세상과는 전혀 달랐다. 여기선 여러 번의 실수는 잘못이 되었고 잘못했다는 생각에 사로잡힌 나는 학교에서와는 다르게 점점 작아지고 소심해져

갔다. 적응을 하고 싶었지만 실수가 잘못이 되고 그 상황에 눈치를 보며 스스로를 옭아맸고 이는 스트레스로 번져갔다.

19살 아직 어린 나이였던 나에겐 새롭고 또래의 생활이 아닌 새로운 현실 생활을 적응하지 못했다는 상황이 큰 충격으로 다가왔다. 어디 내놔도 빠르게 적응할 거라고 생각했지만 눈치가 보이는 환경에 쉽게 적응하지 못했고 여전히 새롭고 낯선 상황은 항상 재미가 없게만 느껴졌다. 출근을 해도 일을 열심히 해야지가 아닌 '언제 집에 가지.'라는 생각만 하며 혼자 시간만 보냈었다. 혼자만의 시간을 보내니 같이 일하는 사람들과의 관계에서도 소외됐고 이는 적응을 못 하는 상황으로 또 연결이 됐으며 뫼비우스의 띠처럼 이어져 갔다.

퇴근 후 집으로 돌아가는 그 10분이 버겁다고 느껴질 때 가게 앞에 익숙한 차가 보였다. 부모님께서 날씨가 너무 춥다는 핑계로 늦게 퇴근하는 날 데리러 오신 것이다. 집 근처라 걸어가려고 했던 나의 계획은 깔끔하게 무시하고 반갑고 서러운 마음으로 차에 올라탔다. 부모님의 얼굴을 보자마자 오늘 하루에 있었던 일을 조잘조잘 이야기했다. 만약 집까지 혼자 걸어갔더라면 집에 도착하자마자 지쳐 말도 없이 씻고 잤을 것 같은데 따스한 공기와 함께 집에 돌아가니 긴장이 바로 풀려 내 감정도 따스해졌다. 울분을 토하고 나니 마음속 응어리가 풀어진 느낌이 든 동시에 내가 사회로 나가도 내 옆에는 엄마와 아빠가 이렇게 옆에 있어줄 것이라는 생각이 들었다. 아직 내가 보호받고 사랑받고 응원을 받는 곳은 엄마와 아빠 옆이라는 것을 새삼 깨달았다.

심리학개론에서 저장이란 기억에 정보를 유지하는 과정이라 정의한다. 그중 장기 기억은 장기간 정보를 저장하며 용량 제한이 없는 것으로 알려졌다. 장기 기억은 외현적 기억과 암묵적 기억으로 나눠지며 지금 얘기하고자 하는 기억은 외현적 기억 중 일화 기억에 관한 내용이다. 일화 기억은 나의 자서전적 경험에 대한 기억으로 특정 시공간에서의 구체적인 개인 경험들이라 정의할 수 있다.

나의 첫 사회에 대한 기억인 외롭고 힘들었던 첫 아르바이트는 부모님의 든든한 사랑 덕분에 마칠 수 있었고, 이 경험은 후에 다시금 새로운 도전을 할 때에도 나의 일화 기억을 통해 다시 회상되어 용기를 얻을 수 있는 매개체가 되었다. 곧 대학교 4학년이 되는 지금도 현실이 지칠 때 즈음 다시 따스했던 첫 아르바이트의 기억을 떠올리곤 한다. 그 기억을 매개로 부모님과 전화를 하면 외롭고 지친 타지 생활에 대한 위로를 받아 다시 일어날 힘을 얻게 된다. 그 힘으로 지친 나를 일으키고 하고 싶은 일은 물론 해야 하는 일을 도전하고 있다. 후에 나도 누군가에게 따스한 기억이 되어 그 따스한 기억을 발판으로 매개작용을 일으켜 무언갈 도전하든, 해야 하는 일이 있든 꾸준히 힘을 보태주고 싶다.

너무 삶이 서툴고 힘들어 일어날 용기가 없을 때 이 글이 누군가에게 따스한 힘이 되었으면, 그리고 그 힘이 또다시 다른 타인에게 용기를 불러일으켜 다른 의미로 뫼비우스의 띠처럼 이어지길 바란다.

가족이란 네가 누구 핏줄이냐가 아니야.

네가 누구를 사랑하느냐는 거야.

Family isn't about whose blood you have.

It's about who you care about.

– 트레이 파커(Trey Parker)

● 김예서

2녀 1남 중 둘째로 태어나 감정표현이 극히 적은 아이로 살아왔다. 그러나
타지로 대학교를 오며 표현하지 않는 사랑은 내가 원하는 만큼 알아주지
않는다는 것을 깨닫고 늦게나마 가족에게 사랑을 표현하는 '나'로 성장하
고자 한다.

여행에서 배운
나를 가볍게 하는 방법

최시온
◇◇◇◇◇◇◇

여행으로 인간관계를 배운 사람이 있다고? 바로 나다. 갓 대학생이 된 스무 살, 나는 성인이 되어서만이 할 수 있는 일을 하고 싶었다. 부모님 없이, 내가 번 돈으로 나는 여행을 떠나기로 결심했다. 가장 친한 친구 혹은 동기들과 나의 여행은 언제나 혼자가 아닌 타인와 함께였다.

내 첫 여행지는 여수였다. 계획을 짜주는 사람이 없는 여행은 생각보다 어려웠다. 여수면 바다는 봐야지, 오션뷰 숙소를 정하는 단계부터 친구와 나는 일주일 내내 연락하며 계획을 세우기 바빴다. 유형론을 믿지는 않지만 엠비티아이로 사람을 나눌 수 있다면 친구가 마침 계획형 중의 계획형이었는데, 그가

플랜을 A부터 E까지 짜서 경악했던 기억이 난다. 그러나 여행에 대해 아무런 본보기가 없던 나는 친구의 여행 방식을 그대로 흡수했다. 여수 여행은 1박 2일이었지만 빡빡한 일정 덕분에 2박 3일 부럽지 않게 가보고 싶었던 장소들을 뚜벅이로 모두 다녀올 수 있었다.

그렇게 나는 스파르타식 여행을 다니기 시작했다. 당연한 거 아닌가 싶었다. 한 번 가는 여행, 기왕이면 볼 수 있는 것과 할 수 있는 것은 다 이루고 오는 것이 목표였다. 그래서 여행을 가기 전에 계획도 빡빡하게만 세웠고, 여행을 가서도 시간이 조금이라도 지체되는 것 같으면 그다음 계획을 실현하지 못할까 봐 불안했다.

대학교 2학년이 끝난 겨울, 한 일도 별로 없는 것 같은데 이대로 방학을 보내기엔 아쉬웠다. 잊지 못할 기억을 하나 남기고 싶어서 나는 2월 한 달간 각각 다른 사람들과 총 세 번의 여행을 다녔다. 한 번은 고등학교 때부터 친했던 친구와 여수 여행을, 한 번은 친한 동기들과 부산 여행을, 마지막 한 번은 사촌들과 제주도 여행을 갔다 오면서 자연스럽게 여행에 대한 생각이 바뀌게 되었다.

다양한 사람들과 여행을 준비하면서 배운 점은 덜어내는 법이었다. 다른 무엇도 아닌, 내 욕심을 말이다. 나는 내가 그랬듯이 다른 사람들도 많은 것들을 보고 체험하기 위해 일정들을 다 소화하기를 원할 것이라 생각했다. 심리학에서는 이를 문제 해결의 판단 과정 중 '과신overconfidence'이라고 표현한다. 내 신념과 판단의 정확성을 실제보다 과잉 추정하는 경향성을 말하는데, 내 판단을 지나치게 믿을 때 쉽게 빠질 수 있는 함정이다. 적절한 자기 존중감을 가진 사람으로서 내 생각을 믿는 것은 당연해 보인다. 그러나 내 생각대로 상대방도 그럴 것이라 생각한 것은 내 사고 과정의 오류였다. 언제나 꽉 찬 일정이 다른 사람에게는 부담스러울 수도 있고, 내가 가장 가고 싶은 곳이 다른 사람에게는 가지 않아도 되는 곳일 수 있었다.

그리고 그 일정이 나에게조차 버거운 것일 수도 있다는 생각이 들게 된 여행이 있었다. 고등학교를 다닐 때부터 친했던 친구와의 첫 여행이었다. 내 주도하에 여행 계획을 세워서 떠나게 되었는데, 역에 도착하자마자 계획에 없던 일이 일어났다. 캐리어를 맡기려고 미리 찾아놓았던 짐 보관소가 가득 차 있었던 것이다. 당황스러운 마음으로 근처에 다른 보관소가 있나 찾아보면서 방황하기를 약 30분, 슬슬 남은 일정들이 신경 쓰이기 시작했다. 엎친 데 덮친 격으로 친구도 예민해져서 오고 가는 말에 가시가 돋치자 나는 처음으로 빡빡한 여행의 한계를 몸소 느꼈다. 이후 짐 보관소에 자리가 생겨서 바로 짐을 맡기고 계획한 장소로 이동할 수 있었으나 일정이 조금씩 밀리고 결국 가고자 했던 모든 곳을 가볼 순 없었다. 여행이 끝나고 못 가본 장소들에 아쉬운 마음이 들었지만, 사실 그보다도 나의 여행 방식에 대해 한숨 돌릴 기회를 얻었다는 생각이 컸다. 매번 모든 곳을 가야만 만족스러운 여행은 아니고, 여행에서 내가 느끼는 것과 즐기는 것이 만족스러운 여행에 큰 영향을 준다는 것을 어렴풋이 알게 되었다.

특히 함께 하는 인원이 많을수록 개인적인 욕심은 덜어내고 마음 가벼운 자세로 임하는 것이 더 즐거운 여행이 될 수 있다. 여행의 인원이 많아지면 숙소를 정하는 단계부터 삐거덕거리기 십상이다. 제각기 다른 생각을 가진 사람이 그만큼 많아진 것이니, 그 모든 취향을 충족하는 장소와 여행 방식을 찾기란 쉽지 않다. 4인 이상이 함께했던 내 2학년 겨울의 두 여행은 어땠는가. 완벽하지 않았지만 그럼에도 모두 즐겁게 마무리할 수 있었다. 계획 단계에서 다들 자신이 원하는 일정을 조금씩 양보하면서 서로에게 맞추어 갔기 때문에 부담 없이 여행 자체를 즐기겠다는 마음가짐으로 여행을 다닐 수 있었다.

흔히들 여행 가서 친구와 많이 싸우고 온다고 한다. 나 역시도 함께 여행 가는 친구의 의견보다 내 의견이 중요하다고 생각이 들면 내가 원하는 대로 이루어지지 않는 상황에서 더 쉽게 예민해지고, 답답해서 화가 난다. 그러나 내 생각이 당연히 옳다 생각하여 타인의 생각까지 그럴 것이다 생각하는 오류를 범하는 일은 주의해야 한다. 내 마음의 소리에 갖는 관심의 부분만큼이라도 타인의 마음의 소리에 귀 기울이는 데 사용한다면 나의 판단이 항상 옳지 않음을 알 수 있을 것이다. 여행을 준비하고 집에 도착하는 과정까지, 개인적인 바람을 채우려는 기대보단 같이 여행 갈 사람과 얼마나 즐겁게 여행을 할지를 기대하는 것은 어떨까. 오늘의 나는 여행에서 배운 덜어내는 방법을 일상에서의 관계에도 적용하여 더 부담 없이 사람들과 소통하고 있다.

덧붙여 나처럼 여행을 촘촘하게만 다녔던 사람이라면 한 번쯤 가벼운 마음으로 널널한 일정이 주는 여유라는 평온함을 느껴보기를 바란다.

행복하게 여행하려면 가볍게 여행해야 한다.

He who would travel happily must travel light.

– 생텍쥐페리

● 최시온

심리학과에 재학 중이다. 사람을 좋아한다. 그리고 여행도 좋아한다. 여행을 비롯한 다양한 경험에서 배움을 얻고자 한다.

4장

변화 속 나를
키웁니다

변화는 사소한 것부터

이동준

나는 한평생 글쓰기나 독서와는 거리가 매우 먼 사람이었다. 방학 숙제로 학교에서 읽으라고 하는 한두 권의 책조차도 다 읽어가지 않아 선생님께 혼나기 일쑤였다. 이러한 습관이 자리 잡아 결국 1년에 단 한 권조차도 책을 읽지 않는, 다소 똑똑하지 못한 그런 인간이 되었다. 글쓰기도 마찬가지였다. 글을 한 편 쓸 시간에 게임 한판을 하던가 하다못해 차라리 싫어하는 수학 문제 한 문제를 더 푸는 것이 인생에 도움이 된다고 생각했다. 결국 당찬 포부를 가지고 매년 초에 산 다이어리와 글쓰기 노트는 늘 그렇듯 초반 몇 장만 빼곡히 차 있고, 나머지는 텅텅 빈 공백으로 남아 내 책장에 쌓여갔다. 내가 쌓여가는 다이어리들에게 해줄 수 있는 거라고는, 매년 새로운 '공백의 일기장 친구'를 만들어 주는 것뿐이었다. 그렇게 나는 생각과 글에 거리를 두며 인생의 가치관이나 의미에 대해서는 전혀 고민하지 않고 살아가는, 공허한 인간이 되어 나이만 먹어가고 있었다.

그러던 어느 날 문득 이런 생각이 들었다. '나는 잘 살고 있는 걸까?' '나는 어떤 사람이지?' '왜 나는 남들처럼 성공하지 못하지?' 나의 인생에 대한 근본적인 질문들이 하나둘 내 머릿속을 가득 채웠다. 이러한 질문들은 단순히 궁금증만이 아닌 감정 반응을 동반했다. 질문이 떠오를 때마다 불안감을 일으키고 답답함과 공허감을 만들어 냈다. 평생 고민해 보지 않던 이런 종류의 질문들이 한꺼번에 몰아치고 감정반응까지 동반되니, 무언가 이 시점에서 내가 해결해야 할 문제가 생겼다는 판단이 들었다. 하지만 평생 가벼운 고민만을 하고 살아온 나는 어떤 식으로 이런 종류의 심도 있는 질문들에 답해야 할지 감이 잡히지 않았다. 이 문제들을 해결하기 위해 사회적으로, 관계적으로 새롭게 무언가를 더 시도해 보고 도전해 보기도 했다. 그러나 근본적인 이유를 깨닫지 못한 나는 무엇을 하든 간에 하는 족족 모두 실패하고 끝을 맺지 못하고 말았다. 이후 나의 내면은 무언가 잘못되었다고 내게 신호를 보내고 있었지만, 이 문제를 해결할 방법에 대해서는 전혀 깨닫지 못하는 상태가 지속되었다.

결과적으로 이 시기의 나는 긴 시간을 방황하고 헤맸다. '무엇을 시도하든 나는 어차피 안될 거야.'라는 생각이 계속되고, 엎친 데 덮친 격으로 코로나 시기가 겹쳐서 집에서 잘 나가지 않고 잠만 잔다든가, 고민을 잊으려 하루 종일 핸드폰만 들여다보는 등 악순환의 굴레에 빠졌다. 이러한 시간을 보내면서 나는 아무것도 해내지 못할 것이라는 생각과 무기력에 점점 더 익숙해져 갔다. 그러다 이렇게 가만히만 있으면 아무것도 해결되지 않을 것이라는 생각에 결국 주변에 도움을 청하게 되었다.

어렸을 적 나의 가족은 한 교수님께 가족 상담을 받았었다. 감사하게도 그 가족 상담을 통해 가족의 관계나 분위기가 많이 호전되고 좋아졌던 경험이 있다. 어쩌다 주변에 도움을 청하다 보니 운 좋게도 교수님께 다시 한번 연이 닿아 개인 상담을 받게 되었다. 교수님을 만나서 나는 나의 모든 고민들을 털어놓았다. 가벼운 고민들부터 너무나 무기력하여 아무것도 할 수 없을 것 같은 현재 나의 상태, 나의 인간관계에 대한 고민, 학업에 대한 열등감과 스트레스 그리고 인생에 대한 근본적인 문제들과 채워지지 않는 공허감 같은 고민들이었다. 교수님의 답은 간단했다. 사소한 변화부터 시작하라는 것이었다. 생각하는 방식을 천천히 바꾸고, 건강한 습관들을 차근차근 만드는 등의 사소한 변화를 말씀하셨다. 그리고 그 해결책의 중심에는 항상 생각하고 고민하는 습관이 있음을 알려주셨다. 또한 생각을 하려면 글쓰기와 독서를 해야 함을 강조하셨고, 그제서야 나는 글과 친해지기 위한 나만의 작은 습관을 만들었다. 처음에는 글쓰기와 독서를 하는 습관이 너무나 사소해 보였다. 정말 하루에 기껏해야 적게는 열 장씩, 많게는 서른 장씩 독서를 하기도 하고, 글쓰기도 하루에 일기 한 편을 겨우 쓰는 정도였으니 말이다.

하지만 사소한 습관이라고 생각했던 이 작은 행동과 변화들이 한 달이 되고 두 달이 되니 효과가 나타나기 시작했다. 항상 무기력하고 답답했던 나의 감정반응들이 하나둘 사라지기 시작했고, 글을 읽으며 근본적인 고민에 대해 깊게 생각하기 시작하면서 나의 가치관과 인생의 의미에 대해서도 방향이 서서히 잡혀갔다. 무엇을 시도하든 성공하지 못할 것이라고 생각하던 나의 인지와 사고방식 또한 바뀌었다. 교수님께서는 무기력한 나의 상태를 정확히 파악하시고 이러한 사소한 변화를 통해 나의 인지를 바꾸려는 시도를 하셨던 것 같다.

그때의 나와 같은 이러한 심리적, 인지적 상태를 심리학에서는 '학습된 무기력'이라고 칭한다. 동물과 사람은 반복적으로 나쁜 사건이나 생각에 대한 개인적 통제감을 경험하지 못할 때 무력감을 학습한다. 유명한 일화가 있다. 서커스단에서 자란 아기 코끼리가 있었다. 서커스단은 아기 코끼리를 서커스에 이용하기 위해 코끼리가 쉽게 도망가게 두지 않았다. 아기 코끼리의 다리 한쪽을 말뚝에 묶인 밧줄에 묶어서 도망가지 못하게 했다. 아기 코끼리는 도망을 가기 위해 안간힘을 쓰고 여러 가지 방법을 동원해 봤지만, 결국 말뚝의 밧줄을 벗어날 수는 없었다. 아기 코끼리는 시간이 지나 어엿한 성체 코끼리가 되었다. 하지만 코끼리는 여전히 그 조그마한 말뚝에게서 벗어나지 못했다. 아무리 발버둥을 쳐도 벗어나지 못했던 경험 때문에, 성체가 된 자신이 아직도 그 말뚝을 벗어나지 못할 것이라는 생각의 굴레에 갇혀버린 것이다. 사람들은 코끼리가 멍청하다고 할 수 있다. 정말 조금만 움직이면, 아주 사소한 변화라도 행한다면 그 조그마한 말뚝의 끈을 끊고 벗어날 수 있기 때문이다. 하지만 코끼리가 그렇게 행동하지 못하는 이유는 코끼리는 학습된 무기력의 상태에 빠졌기 때문이다. 그때의 나도 서커스단의 코끼리와 비슷했다. 많은 시도와 도전에도 결국 돌아오는 건 실패와 '끝맺지 못함'이었고, 결국 아무것도 이뤄내지 못할 것이라는 생각에 갇혀 사소한 변화조차 시도하지 않게 되었던 것이다. 하지만 주변의 도움과 나의 현 상태에 대한 이해를 바탕으로 사소한 변화를 시도한 나는 그 굴레에서 다행히 벗어날 수 있었다.

지금 돌이켜 보니, 학습된 무기력의 상태에서 벗어나기 위한 것은 익숙하지 않은 새로운 도전과 시도보다도 나 자신에 대한 이해를 바탕으로 한 사소한 변화가 핵심이었던 것 같다. 사소하지만 꾸준한 변화가 인지의 변화를 만들고, 인지의 변화는 무기력의 상태에서 나를 벗어나게 해주었다. 무기력했던 시간들은 꽤나 길었고 나에게는 인생의 암흑기였지만, 이 시간을 극복함으로써 앞으로의 인생에서 닥칠 실패나 무기력에도 견딜 수 있는 해결책을 획득했다고 생각하면 오히려 빠른 시기에 경험한 것을 감사하게 생각한다.

누구든 무기력의 순간을 마주할 수 있다. 만약 그 상황이 온다면 기억하라. 인지를 바꾸는 것이 무엇보다 중요하고, 인지를 바꾸는 가장 좋은 방법은 '사소한 변화'부터 시작하는 것이다.

간단함이 훌륭함의 열쇠다.

Simplicity is the key to brilliance.

- Bruce Lee

● 이동준

세상과 걸음 맞춰 성장하는 사람.

소화

박채진

밋밋한 맛의 이유식만 먹던 영아기를 지나, 성인기에 진입한 우리는 온갖 종류와 맛을 내는 음식을 소화해 낸다. 이제는 자극적인 음식을 먹는 데에도 어려움이 없지만, 김치 한 조각이 어려웠던 적이 있다. 작은 조각의 김치부터, 얼큰한 찌개를 소화하기까지 시간이 필요했고 그 과정에 나의 욕심, 주변 사람의 관심과 도움, 시도와 실패의 시간이 있었다. 그럼에도 우리는 그 시간들을 쉽게 잊는 것 같다. 발달심리학에서 배우길 우리는 태어나서 무덤에 이르기까지 계속해서 발달 중에 있다. 넓은 의미에서 발달을 바라본 전생애 발달심리학 관점은 각 발달 단계가 서로 영향을 주고받으며 단계별로 독특한 가치와 특성을 지닌다고 설명한다. 동시에 어느 단계에도 중요성의 차등을 두지 않았다. 우리는 신체적으로 눈에 띄게 성장했던 청소년기나, 직업과 진로에 대해 고민하는 성인진입기나, 그 과정을 소화하기까지 충분한 시간이 필요하며 실패할 수도 있는 과정임을 알아야 한다.

　18~24세의 성인진입기에 마주하는 주요한 과제는 정체성 탐색으로 긍정적인 불안정성, 무궁한 가능성의 상상, 사이에 끼인 단계로 특징지어진다. 스물셋, 성인진입기의 나는 코로나로 1, 2학년을 보내고, 몇 번의 해외에서의 생활 후 졸업을 앞두고 있다. 나를 둘러싼 배경이 자주 바뀌었고 그 속에서 불안하기도 설레기도 한 나날들이었다. 특히, 집에서 일상을 보내다 해외에서 아침을 맞이했던 시기에는 그 변화가 꿈같이 느껴지기도 했다. 대학교 입학 전부터 막연히 바라왔던 것이 교환학생이었다. 대학생 때 해볼 수 있는 가장 자극적인 경험이자 그 당시 싱거운 삶에 맛을 내는 조미료가 되어줄 것이라 기대했다. 프로그램 합격을 위해 필요하다는 충분한 준비를 하지는 못했지만, 일단 지원부터 해보기로 한다. 그렇게 터닝포인트로 첫걸음을 내디뎠다. 자신감이 중요하다는 후기를 보고 기회를 놓칠세라, 무거운 분위기의 면접장에서 손부터 번쩍 들었다. 어눌한 영어 실력으로 겨우 몇 마디를 내뱉었다. 떨리는 목소리 사이로 간절

한 마음이 전해졌던 것일까 2021년 12월, 하와이 어학 연수 프로그램에 합격했다. 비행기에 몸을 싣기까지 준비해야 할 서류는 생각보다 복잡했고 설상가상 비자면접 취소 통보를 받고 출국이 지연되기도 했다. 그렇게 하와이 공항에 나와 처음 마주한 하와이는 무덥고 낯설기만 했다. 첫 주간은 모든 감각들이 이따금씩 비현실적으로 다가오곤 했다. 함께 파견 간 친구들도 꿈같은 현실을 의심했다. 그렇게 세 달 반이 빠르게 지나갔다. 그간 많은 사람들에게 먼저 다가갔고 자주 질문을 던졌다. 언젠가 와이키키 해변을 산책하다 바닷가에서 뮤직비디오를 찍고 있는 가족을 만났다. 딸의 꿈을 응원하는 부모님께 어떻게 그런 선택을 하게 되었는지 물었다. 부모님은 환히 웃고 있는 딸의 모습을 가리켰고 "대학은 도망가지 않으니까요!" 하시며 기분 좋게 웃으셨다. 연수의 커리큘럼 중 하나였던 재학생과의 교류 시간에 한국어를 전공하는 학생과 친구가 되었다. 그는 가족을 떠나 한국어 석사과정으로 유명하다는 하와이 주립대학교를 선택해 홀로 떠나왔다고 했다. 그 친구는 하와이에서 한국어 석사과정을 마치고 난 뒤, 현재 유창한 한국어 실력으로 한국 초등학교에서 영어를 가르치고 있다. 안정성이 삶을 살아가는 데 가장 큰 가치라고 배우고 믿어온 나에게 많은 사람이 다양한 답변을 내놓았다. 그중에는 안정성을 말하는 사람도 있었고 그렇지 않은 사람도 있었다. 분명한 것은 내가 다른 선택지에 대해 충분히 고민해 보지 않았다는 점이었다. 완전히 다른 문화에서 살아온 사람으로부터 느꼈던 동질감과 이질감은 내게 완전히 새로운 자극이자 더 해보고 싶은 경험이었다. 내향적이었던 나는 이제 먼저 말을 걸기도, 걸어온 말에 유연하게 답할 줄도 아는 사람이 되었다. 하와이에서의 연수 후 캐나다로 교환학생을 떠났고, 다녀와서는 미국 동부를 여행하고 마드리드에서 스페인어를 공부하고 학기 시작 직전까지 유럽 여행을 다녔다.

여전히 불안하다. 한국에 돌아와, 첫 학기를 마지막 학기로 보내고 있다. 오랜 시간 앉아 공부하는 것도 이미 돈독해 보이는 친구들 사이에 있는 것도 졸업 후에 어떤 진로를 가져야 할지도 모두 낯설고 어렵다. 살면서 만나는 사람, 과제, 내 스스로가 한없이 어려웠던 적이 있다. 친구 간의 갈등은 회피하는 식으로 해결해 왔다. 서로 얼굴 붉히기 싫었기 때문이다. 학교에 다니다 언제는 시험 준비를 하다가 울컥 눈물이 떨어진 적도 있었다. 시험 전에 다 끝낼 거라 생각했던 범위를 시험 전날에도 마치지 못하고 있으니 불안한 마음이 눈물로 터진 것이었다. 어느 날엔 어떤 선택이든 당당하게 해내는 친구의 모습을 보며, 결정을 잘 내리지 못하는 내 모습이 작아지기도 했다. 어떤 것을 좋아하고 잘하는지 모르니 내 앞에 놓인 선택이 어렵기만 했다. 어느 순간부터는 시험공부를 하다 드는 막막함에 눈물짓지 않는 나를 발견한다. 그렇게 나를 웃고, 울게 만들었던 인간관계를 이제는 바로 마주하고 기꺼이 얼굴을 붉힌다. 좋아하는 것들을 모은 세계를 만들기도 했다. 가장 낯선 공간인 해외에서 가장 가까운 나를 마주하면서 한 발짝 나아갔다. 생각해 보면 오히려 졸업을 하고 진로를 선택해서 취업을 계획해야 하는 지금의 상황이 더 불안정해 보인다. 걱정이 들지만 마음은 더 편하다. 앞으로 자주 흔들릴 것이지만 나아갈 스스로를 지지하기로 선택했기 때문이다.

출국 전후 일기를 써서 감정과 마음 상태를 기록해 두는 습관이 있는데, 언젠가 "내가 만들어지고 있다."라고 쓴 적이 있다. 한국에 돌아와 학기를 보내고 어떤 진로를 가질지 고민하는 요즘, 마냥 불안하진 않다. 내가 지나고 있는 단계가 긍정적인 불안정성이라고 정의되는 것처럼 주변에 있는 가능성을 차분히 둘러보고 있다. 한편, 사랑하는 친구들은 자주 불안하고 스스로에게 가혹해 보인다. 어느 누구도 동일한 성인기를 보내지는 않는다. 친구들도 그들만의 방식으로 소화하는 데 시간이 걸린다는 것을 알고 그 가치를 알아 봐주길 바란다. 이 글을 읽는 독자도 지금 경험하고 있는 불안정성을 긍정적으로 바라본다면 그 변화가 막막하지만은 않을 것이다.

박채진

변화를 이해하는 유일한 방법은 변화에 뛰어들어
함께 움직이고 춤을 추는 것입니다.

- Alan Watts

● 박채진

설렘과 불안을 안고 스물셋의 이야기를 만들어 가는 중입니다. 제가 써 내려온 이야기를 들려드릴게요.

조금 다르면 어때

조윤진
∞∞∞∞∞∞

다들 스무 살이 되자마자 제일 하고 싶었던 일이 무엇이었을까? 나의 경우 당당히 신분증을 보여주고 나서 술을 마시는 것이었다. 명절 때마다 가족들이 모이면 빠지지 않고 등장했지만, 합법적으로 성인만 마실 수 있었던 술이 어떤 맛일지 너무나 궁금했다. 드라마나 영화에서 스트레스 해소를 위해 술을 마시는 장면을 보며 술이 그러한 역할을 해줄 것이라는 막연한 기대도 있었다. 그러나 이러한 기대를 하고 처음으로 마셨던 술은 맛이 없었고, 실망했던 기억이 지금까지도 난다. 그럼에도 대학 입시가 끝나며 생긴 약속에서는 이제 성인이라며 술을 마시는 일이 종종 생겼다. 대학교에 입학해서도 마찬가지였다. 그러던 중,

술을 기피하게 됐다. 며칠, 몇 개월 동안만이 아닌 가능하다면 계속 말이다.

그 이유를 말하기 위해서는 나의 건강과 관련된 얘기가 필요하다. 고등학생일 때부터 염증성 장질환으로 치료받고 있어 술을 마시지 않는 것이 좋았다. 그러나 진단받았을 초반에만 증상이 심했을 뿐 약물 치료를 통해 점차 일상생활에 지장이 없자 술을 마셔도 괜찮지 않을까 하는 마음에 성인이 되자마자 술을 시도한 것이다. 약간의 복통이 나타나긴 했으나 하루나 일주일 동안 마시지 않으면 괜찮아졌고, 언젠가부터는 나의 주량을 알고 싶다는 생각에 다가올 미래는 생각도 못 한 채 점차 그 양을 늘리게 되었다.

그러다 문제가 발생했다. 복통이 지속되고, 화장실을 자주 가게 되면서 심해졌을 때의 증상이 나타난 것이다. 그제야 장이 서서히 나빠지고 있었다는 것을 깨달았다. 결국 진료 일자를 앞당겨 줄였던 약을 다시 늘리며 지금은 많이 좋아진 상태다. 이일을 겪으니, 술을 못 마셔도 상관없었다. 회복되는 데는 시간이 걸렸고, 아직 학기 중이었기 때문에 과제도 남아 있던 상황에서 시험 기간과도 겹쳤던 것을 생각하면 정말 괴로웠기 때문이다. 그러나 덕분에 나의 병을 제대로 받아들이지 않았다는 것을 알게 됐다. 그동안은 복통이 나타나더라도 며칠 후면 괜찮아

겼기에 통제할 수 있고 금세 완치될 것으로 생각했지만, 아니었다. 치료로 인해 상태가 좋았던 것이었다. 그제야 나의 치료과정에 관심을 가지기 시작하며 마주하기 시작했다.

그러자 이제는 넘어야 할 또 다른 산이 보였다. 나만 마시지 않을 뿐 술을 마시는 상황은 여전히 존재했다. 처음에는 혼자만 마시지 않으면 분위기를 흐리며 스트레스를 받을 것 같아 피했지만, 코로나로 인해 비대면 수업을 하던 시기를 지나 대면 수업을 하게 되면서 MT, 축제 등등 여러 행사가 활성화되자 대학생인 만큼 참여하고 싶었다. 술을 강요하지 않는 문화로 바뀌고 있으니 선뜻 참여한다고 말하고 싶었지만 망설여졌다. 나처럼 술을 마시지 못하는 사람은 없을 것 같았고, 재미없는 사람이 술까지 마시지 않으면 분위기를 더 흐려 그 자리에 있는 것 자체가 민폐일 것 같다는 걱정 때문이었다. 그래서 또다시 자리를 피했고, 속상했지만 애써 아무렇지 않은 척 넘겼다. 그렇지만 술은 우리 사회와 떨어트릴 수 없을 텐데, 언제까지 피하고만 있을 수는 없었다. 더 나아가서는 앞으로 하고 싶은 일이 생기더라도 내가 가지고 있는 병 때문에 못 한다면 억울할 것 같았다.

나의 관점을 바꿔봤다. 걱정 때문에 주저하고 있는 것이니 생각을 변화시키면 될 것 같았다. 술을 마시는 자리에서 혼자 다른 음료를 마셔도 괜찮을 거라고 스스로 다독였다. 그렇지만 바로 받아들이기는 쉽지 않았다. 그냥 집에 있으면 되는데 굳이 그 자리에 있으려고 하는 나의 욕심이라는 생각이 강했기 때문이다. 고등학생 때 친구들에게 나의 병에 대해 얘기했던 경험에서 비롯된 것 같다. 진료나 검사 등의 이유로 학교에 가끔 빠지게 될 때 친구들의 질문에 가벼운 마음으로 얘기했는데 이후 보이는 친구들의 배려가 내가 괜히 부담을 준 것 같아 미안했기 때문이다. 그러다 우연히 친구들과 술을 마실 때 무알코올을 마신다는 교수님의 얘기를 듣게 되었고, 술을 마시지 못하는 사람이 나만 존재하지 않는 것 같아 용기를 얻었다. 우선 친구들과 있을 때 그 상황에 어울릴 수 있도록 노력하며 여러 번 도전해 봤는데, 같이 얘기하며 술 게임도 할 수 있었고 분위기도 술을 마셨을 때와 크게 다르지 않다고 느꼈다. 친구들의 배려도 있었을 것이므로 아르바이트 회식자리에서도 도전해 봤다. 술을 못 마시는 나에게 눈치를 주는 사람은 없었다. 재밌었다. 나도 다른 사람들처럼 회식자리에 참석할 수 있었다. 친구들이 술을 마신다고 해도 약속이 불편해지지 않았다. 같이 있을 수 있다는 것만으로도 전과 다르게 기분이 나아졌다.

갑작스럽게 얻게 된 나의 질병으로 인해 앞으로 할 수 없는 일이 많을 것 같았다. 굳이 겪지 않아도 됐을 변화를 나만 겪고 있다고 생각해 우울했던 적도 많다. 그래서 모든 문제를 병의 탓으로 돌렸고, 이것만 사라지면 해결될 것 같았다. 그렇지만 난치병이었던 나의 병은 내가 어찌할 수 없었고 다른 방법을 찾아야 했다. 그러다 상황을 다르게 바라보기로 했는데, 이는 스트레스에 대처하기 위해 정서초점적 대처를 사용한 것이다. 정서초점적 대처는 이름에서 알 수 있듯이 스트레스원으로 인해 발생된 정서를 다루는 것으로 주로 스트레스를 유발하는 상황을 바꿀 수 없을 때 사용하게 된다. 정서를 다루기 위한 방법으로는 영화를 보며 주의를 전환할 수도 있지만, 내가 했던 것처럼 상황을 재해석하며 인지를 재구성할 수도 있다. 이렇게 하다 보면 내가 통제할 수 없는 일을 전과 다른 관점으로 바라보게 돼 스트레스로 받던 부정적인 정서가 줄어들 수 있다.

나처럼 여러 이유로 인해 하고 싶은 일을 하지 못하는 사람이 있을 수도 있다고 생각한다. 피할 수 없으면 즐기라는 말처럼 받아들이면 어떨까? 나의 세상은 내가 만들어 나가는 것이므로 골칫거리로 생각되는 것을 이용해 오히려 더 좋은 방향으로 나아가자. 이러한 도전이 쉽지는 않겠지만, 어떤 변화가 찾아올지는 아직 모른다.

만물은 변화다. 우리의 삶이란
우리의 생각이 변화를 만드는 과정이다.

– 마르쿠스 아우렐리우스

● 조윤진

평소 새롭게 무언가 시도하기보다는 해왔던 것들을 계속하는 편입니다. 그
러다 우연히 찾아온 변화로 조금씩 달라지려고 합니다.

알을 깨고 나온 나

강진아

새가 태어나기 위해서는 알을 깨고 나와야 한다. 이때 혼자서 깨고 나와야 하는데, 자신의 힘만으로 알을 깨고 나와야 비로소 혼자서 세상을 살아갈 힘을 얻게 되기 때문이라 한다. 사람도 똑같다. 자신이 편안하게 생각하는 공간에서 한 발짝 나와 혼자 헤쳐 나가는 경험이 있어야 발전하고 새로운 성취를 이루게 된다. 나의 경우는, 교환학생이었다.

길었던 수험 생활을 끝내고 입학하게 된 대학교는 내 상상과는 너무 달랐다. 학기가 시작하기도 전에 터진 코로나19 사태로 꿈꿔온 MT와 학과 생활은 물론, 정상적인 학교생활을 할 수 없는 상황이었다. 동기도 제대로 만나지 못한 채로 2년이 지났고

안 그래도 소심하고 내향적인 성격이던 나는 우울감과 무력감에 잠식된 채 더 어두운 성격으로 변해갔다. 마침내 학교에 갈 수 있게 되었을 때는 이룬 것 하나 없는 3학년이 되어 있었다. 주변을 둘러보니 나와 같은 시간을 보냈겠다고 생각한 동기들은 이미 자신의 길을 정하고 그 꿈을 위해 공모전이며 인턴이며 노력하고 있었다. 나만 이룬 것이 없다는 생각에 조급해졌고 그때 들은 생각이 '나의 오랜 꿈이었던 교환학생을 도전해 보자.'였다.

2023년 당시 코로나19 규제가 완화됨에 따라 중단되었던 교환학생 프로그램도 다시 모집을 시작했었다. 준비하는 것은 그리 어렵지 않았다. 원래부터 영어 회화에는 자신이 있었으며 학교생활도 나름 게을리하지 않아 성적도 괜찮은 편이었기에 교환학생이 될 수 있겠다고 생각했다. 다행히도 비록 가장 원했던 학교는 아니었으나 미국의 한 학교에 교환학생으로 선발될 수 있었다. 교환학생 갈 준비를 하는 동안 얼떨떨했다. 여권을 발급받고 비자를 준비하는 등 익숙하지 않은 것들을 하며 많이 헤맸고 정말 혼자서 미국 생활을 해나갈 수 있을지 나 자신을 의심하기 시작했다. 다행히도 시간은 빠르게 흘러 어느덧 출국하는 날이 되었다. 혼자 비행기에 앉아 있으면서 참 많은 생각을 했다. 과연 내가 잘 해낼 수 있을까? 도중에 포기하고 싶어지면 어떡하지. 집으로 바로 갈 수 있는 것도 아닌데 같은 생각이 떠오르고 사라지고를 반복했다.

꼬박 14시간을 날아 도착한 미국은 우리나라의 시골과 비슷한 풍경이었다. 모든 것이 크고 차가 아니면 이동하는 것이 거의 불가능하다는 점만 빼면 말이다. 그렇게 새로운 환경에서 나는 내 생활을 책임지는 법을 배워나갔다. 학교생활과 집안일을 하는 시간을 나누고, 친구들과 놀 때 쓸 수 있는 돈과 시간을 계산하며 각종 학교 서류와 은행 서류 등을 혼자 처리하는 방법을 익혔다. 집에 있을 때는 항상 준비가 되어 있던 각종 세제와 생필품 등을 사며 나를 챙겨주는 사람의 빈자리를 실감하기도 했다.

새로운 사람들이 가득했고 어디를 봐도 도전할 것이 가득한 환경에서 나의 성격은 점차 바뀌게 되었다. 심리학에서 성격은 크게 외향성, 성실성, 우호성, 개방성, 신경증적 성향의 다섯 가지 요인으로 구분된다. 외향성이 높을 때는 사교적인 성격을 보이며 성실성이 높을 때는 책임감 있으며 자제력 있는 모습을 보이는 경향이 있다. 우호성이 높을 때는 다른 사람들에게 친근하게 대하며 도움을 주는 모습을 보이며 개방성이 높을 경우 새로운 것이나 다른 사람들의 견해, 조언 등을 유연하게 받아들이는 모습을 보인다. 신경증적 성향의 경우 점수가 높을수록 근심하고 불안정한 모습을 보인다고 한다.

내가 바라봤을 때 나는 외향성과 개방성이 좀 부족하고 신경증적 성향이 있는 편이었다. 내성적인 기질을 타고났고 그러한 기질 탓에 친구들에게 외면당한 경험도 있었다. 사람을 못 믿게 되며 자연스레 나에 대한 충고나 조언도 날이 선 채로 받아들이게 되었다. 이랬던 내가 새로운 환경을 경험하게 되며 사람들과 교류를 피할 수 없는 상황에 놓이게 되었다. 내가 싫어서 마냥 회피하기만 한 것을 회피할 수 없는 상황이 오니 오히려 즐기게 되었고 외향적인 면, 그리고 개방적인 면이 성장할 수 있었던 것 같다. 나는 평소에 예측하지 못한 상황에 대해 심히 당황하고 모든 경우를 준비하지 않으면 불안해하였었는데, 익숙하지 않은 환경에 모든 것을 파악하는 것은 내 능력 밖의 일이라는 판단이 서자 상황에 맡기고 그때그때 유연하게 대처하는 태도를 갖출 수 있었다. 다른 사람들과 활발히 교류하며 내 주위의 사람들이 나에게 불리한 일을 시키지 않을 것이란 확신이 들며 조언도 유하게 받아들이게 되었다.

약 5개월의 교환학생 생활을 마치고 한국으로 돌아왔을 때, 나는 그 짧은 기간 동안 바뀐 내가 다시 원래대로 돌아올까 두려워했었다. 왜냐하면 5개월은 성격 형성이 되기엔 충분한 시간일지 몰라도 온전한 나의 성격으로 정착된다고 말하기엔 짧은 기간이기 때문이다. 거기에 원래 내가 내향적인 성격을 가지고 있었던 익숙한 환경으로 돌아온 것이기에 내가 익숙한 방식으로 행동할까 두려운 것도 있었던 것 같다. 하지만 한 사람이 지나온 시간은 배신하지 않았고 5개월의 경험은 나를 다른 방식으로 단단하게 만들어 주었다. 한국으로 돌아온 후, 팀으로 일해야 하는 아르바이트도 도전했고 오래전 연락이 끊긴 친구들과 다시 연락하는 등, 한국에서의 내 생활반경을 넓히기 위해 노력했다. 그 결과 나 나름의 단단한 인간관계를 만들 수 있었고, 도전하는 것을 두려워하지 않는 성격이 되었다.

새로운 경험은 사람을 바꾸어 놓는다. 어떤 방식으로 바뀔지는 몰라도 분명한 점은 모든 시간은 당신을 이루는 의미 있는 한 조각이 될 것이라는 것이다. 만약 당신이 새로운 어떤 것을 도전하기를 주저하고 있다면 눈 꾹 감고 한번 도전해 보기를 추천한다. 그 길 끝에서 새로운 당신을 찾기를 응원하겠다.

우리는 삶을 바꿀 수 있다.
우리가 바라는 것을 할 수 있고,
가질 수 있고, 될 수 있다.

- 토니 로빈스

● 강진아

대학교 졸업을 앞두고 생각이 많습니다.
제 앞에 놓인 길이 항상 꽃길일 수는 없겠지만 씩씩하게 걸어가겠습니다.

사소하지 않은 사소함

박수정

침대에서 일어나는 것조차 힘든 날이 있다. 그런 날은 아무 것도 하기 싫어 그저 침대에 누워 핸드폰을 무의미하게 바라보기만 한다. 해야 할 일들이 머릿속에 스쳐 지나가도, 우연히 핸드폰이 꺼져 까만 화면에 내 모습이 비쳐 나 자신이 초라하게 느껴져도 마음만 불편할 뿐이다. 그러던 어느 날 무료하게 반복되는 삶에 질려 죽음을 떠올린 적 있다. 나의 마지막을 상상하니 지난 삶이 파노라마처럼 스쳐 지나갔다. 그랬더니 신기하게도 무기력에서 벗어나고 싶단 생각이 들었다.

지금까지의 인생을 훑어보면 아쉬운 날들이 주로 떠오른다. 특히 무기력하게 시간 낭비하며 원하던 것을 놓친 것에 대한 후회가 나를 괴롭힌다. 예를 들어, 나는 대학생이 되면 언젠가 해외에 교환학생으로 가고 싶었다. 하지만 막상 대학생이 된 나는 '그 꿈을 이룰 수 있을까.' 하는 불안감이 있었다. 괜히 어설프게 도전하다 실패할 것 같았다. 그래서 이런저런 핑계를 대며 다음으로 미루다 결국 마지막 기회까지 놓쳤다. 처음엔 좌절에 대한 두려움이 컸는데 시간이 지나니 하지 않은 것에 대한 후회가 더 크게 느껴졌다. 과거를 원망만 하다 죽고 싶진 않았다. 그것이 나의 태도를 바꾸는 동기부여가 됐다.

하지만 다짐은 언제나 작심삼일이다. 사실 3일도 못 갈 때가 많다. 밤에 동기부여 영상을 보며 내일은 꼭 변할 거라고 마음먹고 계획을 짠다. 그런데 그런데 다음 날 계획이 조금이라도 어긋나는 순간 실패했다는 생각에 바로 포기한다. 그러면 또 힘이 빠져 같은 일상을 반복했다.

왜 나는 계속 무기력할까? 심리학을 통해 그 이유를 찾아보았다. 미국 심리학자 셀리그만은 무기력도 학습될 수 있다는 '학습된 무기력'을 주장한다. 그의 실험에서 개를 박스에 넣고 바닥에 전기충격을 줬을 때 개는 깜짝 놀라 벗어나려고 했다. 하지만 개가 어떤 행동을 해도 아무것도 달라지지 않도록 학습시켰다. 그다음에 장벽에 의해 두 공간으로 나뉜 박스에 넣어 똑같이 전기충격을 주었다. 이번엔 벽을 넘어 다른 공간에 가면 고통을 피할 수 있다. 하지만 그 개는 아무 행동도 하지 않았다. 자신의 삶을 자신이 통제할 수 없다는 것을 배운 것이다. 그래서 개는 그만 포기했다.

나의 과거를 보면 그의 실험 속 개처럼 노력이 무시되었던 경험이 쉽게 떠올랐다. 나는 중학생 때 같이 다니던 무리와 스터디 모임을 만들었다. 그래서 항상 점심시간에 밥을 빨리 먹고 반에 모여 함께 공부했다. 그때 공부를 잘했던 같은 반 친구가 우리를 보더니 그래 봤자라며 비웃었다. 나는 우리를 무시하는 그의 태도에 화가 났고, 시험 성적을 그 친구보다 높여 복수할 생각이었다. 그래서 주말에도 만나 함께 공부하고, 한 명당 잘하는 과목을 하나씩 맡아 모르는 부분을 서로 가르쳐 주기도 했다. 하지만 결과는 실패였다. 내 성적은 그리 오르지 않았고, 그 친구는 여전히 상위권이었다. 그런 기억이 하나하나 쌓여 나는 노력해도 안 되는 사람이라고 생각하게 했다. 그것이 내가 무기력해진 이유였다.

이유를 알았으니 벗어날 방법도 금방 찾았다. 셀리그만의 실험을 보면 무기력해진 개만 있던 것은 아니다. 벽에 있는 버튼을 누르면 탈출할 수 있게 가르친 개는 두 번째 박스에서 고통을 느꼈을 때 서슴없이 장벽을 뛰어넘었다. 즉, 내 삶은 내가 선택할 수 있다는 자신감을 얻으면 벗어날 수 있다. 하지만 방법을 알더라도 그것을 실천하기는 어렵다. 낙심에 빠졌던 지난날들이 여전히 내 머릿속에 남아 있기 때문이다. 또다시 흐지부지 끝날까 봐 불안했다. 그때 나는 내가 변하려고 한 이유를 곱씹었다. 나는 언젠가 죽는다. 당장 오늘 죽을 수도 있다. 유한한 시간 속 주저하는 것보다 일단 해보는 게 나중에 덜 아쉬울지도 모른다. 그렇게 생각하니 도전해 볼 용기가 생겼다. 나는 사소한 것부터 시작했다. 실패하는 것에 대한 부담감이 변화하는데 가장 큰 걸림돌이라고 생각했기 때문이다. 가장 첫 번째 목표는 침대에서 일어나는 것이었다. 나는 아침잠이 많아 항상 알람을 설정하고 잔다. 이 점을 이용해 핸드폰을 침대와 멀리 떨어트려 알람을 끄기 위해 억지로 몸을 일으키는 계획을 세웠다. 사실 처음엔 핸드폰을 챙겨 다시 침대에 눕기 일쑤였다. 이때 또 망했다는 생각에 부정적인 감정이 함께 밀려오는데, 나는 일기를 쓰면서 마음을 추스르고 처음 했던 각오를 되새겼다. 그리고 지금의 내가 생기기까지 많은 실패를 했으니 한 번에 성공할 거라고 기대하지 않으려 노력했다. 그렇게 나는 다짐하고, 도전하고, 실패하고를 반복했다. 횟수가 거듭되니 어느 순간 침대에 누워 있는 시간이 줄어든 걸 알아차렸다. 더는 실패가 아니었다. 그때부터 두려움이 줄고 믿음이 생겼다. 다음으로 하루 최소 두 끼 챙겨 먹기와 같은 쉬워 보이지만 무기력할 때 하기 힘든 것들을 새로운 목표로 세웠다. 그것들 역시 여러 번 반복하며 이룰 수 있었다. '난 뭘 해도 안 되는 사람인가?' 하는 생각이 '나도 한다면 하는 사람이지 않을까?' 하는 생각으로 조금씩 바뀌었다.

나는 변화에 거창한 게 필요할 줄 알았다. 그래서 새해가 되면 매번 큰 목표를 세웠다. 영어를 원어민처럼 구사할 만큼 공부한다거나 다이어트에 성공한다거나 하는 것들 말이다. 하지만 매번 실패하고, 다음 해가 되면 똑같은 목표를 세워 같은 실수를 반복했다. 나는 처음부터 장대한 꿈을 노린 것이 문제였단 결론을 내렸다. 물론 큰 꿈을 꾸는 것은 좋지만, 지금의 나에겐 그것보다 소소하게 이루며 자기 효능감을 높이는 것이 더 도움 될 거라고 생각했다. 예를 들면, 나는 몇 개월간 거의 매일 아침부터 저녁까지 영어 회화 학원에 다닌 적 있는데, 여전히 'r'과 'l'을 똑같이 발음하며 서툰 것 천지다. 그래서 처음엔 몇 개월을 낭비한 것 같아 우울했다. 하지만 생각을 바꾸니 사소하지만 충분히 내게 도움된 점이 눈에 보였다. 학원을 그만둔 지금도 배웠던 단어나 문장만큼은 어설프게나마 말하고 들을 수 있다. 그리고 전보다 영어에 대한 거부감이 줄었다. 이전의 나보다 1%라도 성장했다 말할 수 있다. 다시 말해 완전히 실패한 것이 아니다. 목표의 기준을 낮추니 좌절감 대신 자신감이 생겼다.

사실 나는 지금도 변화하는 중이다. 아직도 무기력과의 싸움에서 쉽게 지기도 한다. 그래서 다른 글처럼 대단한 조언을 할 수도, 완벽한 결론을 낼 수도 없다. 대신 같은 길을 걸어가는 동료로서 함께 힘내자고 이야기하고 싶다. 인생이 원하는 대로 흘러가지 않더라도 이전에 느꼈던 성취감을 기억하며 천천히 자기 속도에 맞춰 앞으로 나아가자고 말하면서 말이다. 그리고 언젠가 작은 것들이 모여 얼마나 큰 가치를 만들어 냈는지 당당히 공유하며 우리가 해냈다고 외치고 싶다. 그런 날이 오길 기대하며 나는 오늘도 침대에서 일어나 하루를 시작한다.

사소한 것들이 완벽함을 만들지만,

완벽함은 결코 사소한 것이 아니다.

– 미켈란젤로 부오나로티

● 박수정

심리학을 공부하며 나, 상대, 나아가 세상을 사랑하는 연습을 하고 있습니다.

ⓞ ssjp_ol

마음의 안부를
물을 시간

윤세인

째깍 째깍 째깍…. 선명하게 들리는 시곗바늘 소리. 1분… 2분… 30분… 1시간…. 시간은 하염없이 흘러갔고, 온 세상이 깜깜한 그때에도 내 방은 여전히 환했다. 이런저런 생각과 고민들로 잠들지 못한 밤이 며칠 동안 이어졌다. 어느 때보다 고요한 그 시간에 나의 머릿속은 시끄러웠고 복잡했다. 해야 할 일이 너무 많았고, 하루하루가 정신없이 지나갔다.

올해를 마무리 하고 있는 지금 이 시점에서 돌이켜 보면 2023년은 나에게 도전의 한 해였다. 새로운 환경과 새로운 일들을 계속해서 마주했던 시간들이었다. 그렇게 지나온 1년의 끝자락에 와 있는 지금은 젖 먹던 힘까지 내어 버티고 있는 중이다. 나는 아침에 눈을 뜨면 먼저 일을 나가신 부모님을 대신해 설거지와 빨래 등 집안일을 하고, 허겁지겁 외출 준비를 하고 현관문을 나섰다. 그렇게 부리나케 집에서 나와 학교로 가서는 전날 늦게 잠든 탓에 순식간에 무거워지는 눈꺼풀을 겨우 들어 올리며 수업 시간을 보냈다. 수업이 끝나면 쓸데없이 정확하게 울리는 배꼽시계를 끄기 위해 밥을 먹었고, 이후에는 나에게 주어진 또 다른 업무들을 해나갔다. 그러다 보면 새벽이 되기 일쑤였고, 나는 기절하듯이 잠들었다. 이런 생활이 쉼 없이 이어지다 보니 하루만이라도 쉬고 싶은 마음이 정말 굴뚝같았다. 이렇게 된 것은 내가 가진 여러 개의 사회적 지위가 그만큼 여러 개의 역할을 주었기 때문이었다. 나는 그 다양한 지위 속에서 이리저리 치이고 있었고, 어느 한 역할도 제대로 하고 있는 것이 없었다. 이런 상황에서 내가 가지고 있던 완벽주의적 성향은 나를 더 힘들게 만들었다. 하지만 눈앞에 놓인 것들은 해내야 했기에 나는 어떻게든 축 처진 이 몸을 이끌어 한 걸음씩 앞으로 나아가려고 했지만 오히려 점점 뒷걸음질을 치는 것 같았다. 지금까지의 나는 나에게 주어진 일이라면 누구보다도 성실하게 해왔던 사람이었는데, 현재의 내 모습은 이전과는 전혀 다른 사람이었다. 스스로에 대한 실망감이 점점 커졌고 그것은 나를 무너지게 만들었다. 말로만 들었던 번아웃이 찾아온 것이었다. 어떻게 해야 다시 원래대로 돌아갈 수 있을지 막막함이 나를 감쌌고, 올해 초부터 크고 작게 쌓여오던 스트레스는 어느새 나의 단짝 친구가 되어 있었다.

우리는 살아가면서 정말 수많은 순간에 스트레스를 경험하는데, 스트레스 연구의 아버지라 불리는 캐나다의 내분비학자 한스 셀리에는 우리의 몸은 스트레스에 대해 경고, 저항, 소진이라는 세 단계로 반응한다고 하였다. 이를 '일반 적응 증후군GAS'이라고 부른다. 먼저 경고 단계에서는 신체가 정신적 혹은 육체적인 위험에 대해 즉각적인 반응을 나타내는데, 교감신경계가 활성화되어 스트레스 상황에 맞설 수 있는 자원을 동원하여 싸울 준비를 한다. 그다음 단계인 저항 단계에서는 체온과 혈압, 호흡을 높은 상태로 유지하며 호르몬을 폭발적으로 분비하여 신체가 스트레스와 싸운다. 그러나 이때 시간이 지나도 스트레스로부터 벗어나지 못하면 신체의 자원은 고갈되기 시작한다. 그러면 우리는 3단계인 소진 단계에 도달하게 되어 스트레스 상황과 싸울 수 있는 자원을 잃게 되고, 심리적으로는 자포자기 하거나 우울감에 빠지는 등의 모습이 나타나게 된다.

이 셀리에의 이론에 비추어 보면 나는 소진 단계에 와 있던 것이었다. 특히 최근 몇 주간은 강한 스트레스를 느끼고 있었고, 초반에는 이러한 스트레스 상황에 대해서 스스로에게 "괜찮

아. 그래도 할 수 있어!"를 외치며 생각을 긍정적으로 바꾸려고 노력하여 스트레스와 싸워 이겼지만, 이제는 자원이 고갈된 상황이었다. 더 이상 힘이 나지 않았다. 생활패턴도, 감정조절 능력도, 컨디션도 다 무너진 상태가 되었고 툭하면 기분이 가라앉았으며 해결책이 보이지 않아 가슴이 답답해지는 순간들이 수없이 찾아왔다. 그럴 때마다 "어떻게 이 많은 일들을 지금 다 하라는 거야! 지금 이 상황은 내가 이렇게 만든 게 아닌데….'라며 상황 귀인situational attribution하다 가도 "네가 더 부지런히 움직였어야지! 왜 이렇게 게을러졌어… 피곤한 것도 조금 더 참고 버티면서 어떻게든 주어진 일을 했어야지! 너는 왜 그만큼의 의지도 없는 거야?!" 하며 내 자신을 향해 화살을 쏘기도 했다. 상황이 해결되지 않는 날이 길어지면서 내 얼굴에서는 점점 웃음이 사라졌고, 불행하다는 생각이 늘어갔다. 나는 잠시 멈출 필요가 있었다.

그래서 나는 하던 일을 멈추고 나의 감정과 생각들에 대해 되돌아보기로 했다. 최근 나에게 있었던 일들을 글로 정리해 보았다. 어떤 일들이 일어났었고, 그러면서 내가 경험한 감정의 변화는 어떠했는지, 그래서 어떤 마음과 생각들이 들었는지를 글로 적으며 정리했다. 나의 상황을 객관적인 시선으로 바라보려고 하는 그 과정 속에서 나는 나 자신의 목소리에 귀를 기울이는 시간을 가질 수 있었다. '이때는 내가 이런 생각이 들면서 이렇게 화가 났었구나. 그때는 그래도 이 생각을 하니까 금방 이겨낼 수 있었는데 이번에는 생각의 전환을 해도 이겨내지 못할 만큼 힘듦이 훨씬 더 큰 상태였구나.' 이렇게 말이다. 하루하루 해야 하는 일들이 치여서, 시간에 쫓겨서 숨을 헐떡이며 간신히 버텨오고 있던 나에게 꼭 필요한 시간이었다. 그렇게 나에게 귀를 기울이는 시간을 가지고 나니 조금은 그 혼란스러웠던 마음이 정리가 되었다.

하지만 슬프게도 그 상태가 그리 오래가지는 못했다. 나는 자꾸만 복잡하고 답답한 마음으로 되돌아왔고 우울해지는 감정의 늪에 빠지려고 했다. 결국 나는 엄마를 찾아갔다. 엄마에게는 힘든 티를 내고 싶지 않았지만 그걸 온전하게 받아줄 사람은 엄마뿐이었다. 어릴 때부터 힘든 일이 있을 때 내가 투덜거리고 불평을 해도 다 들어주며 항상 내 편이 되어주는 엄마였기 때문에 엄마 앞에선 솔직해질 수 있었다. 나는 그동안 내가 가지고 있던 답답함과 느끼고 있었던 감정들을 입 밖으로 털어놓기 시작했다. 그 순간 눈물이 왈칵 쏟아졌다. 엄마는 그런 나를 향해 이번에도 손을 내밀어 주었다.

"지금 이렇게 괴로운데 너무 애쓰려고 하지 마. 그만해도 돼. 힘들다는 생각이 드는 게 당연하다고 생각해. 그래서 엄마는 항상 기도하고 있어. 지금 많이 힘들 텐데 지치지 않게 해달라고. 그러니까 괴로워하면서까지 버티려고 하지 않아도 돼."

이 말을 듣는 순간 정말 많은 위로가 되었다. 사실 듣고 싶었던 말이었던 것 같다. 내가 지금 이렇게 힘든 것이 내 잘못이 아니라는 말. 잘 버티고 있다는 말. 그리고 내가 너무 힘들어서 지쳐버리는 그 순간까지는 가지 않기를 바라는 엄마의 그 마음에 너무나 고마웠다. 엄마의 이 한마디는 내 생각보다 더 큰 힘이 되었고 다시 일어설 수 있는 용기를 주었다.

그때 나는 또 한 번 깨달았다. 힘듦을 내가 온전히 다 감당하겠다고 해서 해결되는 것이 아니라는 것을. 나눌 줄도 알아야 한다는 것을. 그러니 이 글을 읽는 여러분이 만약 힘듦을 혼자서만 가지고 끙끙대고 있었다면, 누군가에게라도 가서 털어놓아 봤으면 좋겠다. 따스하게 안아줄 사람이 분명 그리 멀지 않은 곳에 있을 것이다.

그리고 힘들고 지치는 순간이 왔을 때 나에게 귀를 기울여 줄 줄 아는 우리가 되었으면 좋겠다. 쓰러져가는 나를 보며 왜 못 일어나느냐고 계속 채찍질하지 말고 손을 내밀어 주자. 내 마음에게 안부를 물어주며 그 옆에 같이 앉아서 내 자신이 털어놓는 이야기를 들어주고 토닥여 주자. 그러면 끝나지 않을 것 같던 캄캄한 그 순간도 잘 지나 보낼 수 있는 힘을 얻을 수 있을 것이다.

_____ 윤세인

큰 슬픔이 거센 강물처럼 네 삶에 밀려와
마음의 평화를 산산조각 내고 가장 소중한 것들을
네 눈에서 영원히 앗아갈 때면 네 가슴에 대고 말하라.
"이것 또한 지나가리라."

- 랜더 윌슨 스미스

● 윤세인

나의 푯대를 향하여, 그 길에서 수없이 넘어지더라도 다시 일어나 꿋꿋하
게 걸어가고 있는 사람.

울지 않는 것은
인내가 아니며

최아연

잠 못 드는 밤이다. 어둠이 데려온 적막함에 나는 또 끔찍한 하루를 곱씹는다. 대체로 엉망인 하루였다. 오늘 학교에서 옆 사람에게 얼마나 어설프게 인사를 건넸는지를 생각한다.

"안녕하세요."

"이 수업 들으세요?"

"네."

대화는 그걸로 끝이었다. 그렇게 단절된 대화를 떠올리고는 끝없는 반추의 세계에 빠져든다. 그 짧은 3초를 백 번도 넘게 되새김질하는 것이다. '그냥 말을 걸지 말 걸 그랬나? 괜히 부담스러웠나? 거기서 대화를 더 이어나갔어야지. 나 바보인가

봐.' 끊임없는 자기비하적인 생각들이 적막을 틈타 머릿속에 자리한다.

반추는 과거에 있었던 일이 지금 현재 시점에서 반복적으로 떠올라 후회와 슬픔의 감정을 일으키는 생각을 말한다. 반추하는 사람은 소가 되새김질하듯 자기 경험을 끊임없이 떠올리고 재고한다. 나에게는 너무 익숙한 습관이다. 나는 무려 10년을 반추하는 인간으로 살았다.

"저 그만두겠습니다."
아르바이트를 그만둔 것은 내가 성인이 된 이후 처음 내렸던, 커다란 결정이었다. 스무 살의 나는 돈을 벌어야 놀지, 저축을 하지 등 친구의 말을 듣고 아르바이트를 구하려 여러 곳을 돌아다녔다. 당연히 아무 경력이 없는 나는 여러 곳에 문자를 넣었고 그중 한 곳에서 면접을 보러오라고 하여 기쁜 마음으로 가게에 갔다. 급하게 사람을 구하는 듯했고, 아르바이트 사이트에 공고가 자주 올라오는 곳이었다. 그때는 아르바이트에 대한 지식이 전무했기 때문에 그냥 아르바이트를 한다는 것 자체에 뿌듯함과 자부심이 공존했던 것 같다. 첫 출근날은 모든 것이 빠르게 지나갔고, 둘째 날부터는 열심히 실수를 했다. 그리고 일주일이 지나고도 나는 꾸준히 미숙한 아르바이트생이었

2
2
2

다. 같이 일하는 아르바이트생의 인내심이 한계에 도달한 것도 당연한 일이었다. 원색적인 비난이 시작된 것도 그 무렵이었다. 나를 아무렇지 않게 다른 아르바이트생도 비교하고, 손님 앞에서 혼내는 그 행위들. 그때는 내가 모든 것을 감내해야 하는 줄 알았고, 견딜 수 있다고 생각했다. 그러나 견디는 것이 아니었다. 나 스스로를 깎아 먹으면서 난 계속 벼랑 끝으로 밀려나고 있었다. 집에 돌아오면 끊임없이 시작되는 자책과 상황을 곱씹고 우울감에 빠지는 행위들이 이어졌다. 사장님께 혼날 때 내가 어떤 모습과 표정이었는지, 상황이 어땠는지를 줄곧 반추했다. 계속 밀려드는 주문과 손님, 사장님이 호통칠 때 주눅 들며 내리깔던 시선과 밀려오는 모멸감. 침대에 누워 잠이 들기 전까지 끊임없이 같은 상황을 곱씹고 감정을 끌어올리며 무진장 밀려오는 스트레스에 대책 없이 당하고 있었다.

당시의 나는 먹구름처럼 깔린 우울감에 한참 동안 잠식되어 있었다. 내가 하는 실수와 주변의 눈치를 보며 할 수 있다는 조금의 희망조차 품지 않고 살았다. 처음 맞닥뜨린 스트레스 상황에서 나는 너무 어리숙했다. 반추 후에 끝없이 밀려오는 우울감에서 벗어날 길을 몰랐다. 다른 상황에서도 마찬가지였다. 그러나 인간은 성장하는 동물이 아니던가. 시간이 지나며 나는 나도 모르게 스스로를 지키는 방법을 터득하고 있었다.

아주 커다란 숨을 쉬어 봐. 소리 내 우는 법을 잊은 널 위해, 부를게.

나는 더 이상 스스로를 적막 속에 내던져 두지 않는다. 스스로 반추할 틈을 주지 않는다고 말하는 편이 더 옳다. 아이유의 〈러브 포엠〉은 나에게 신선한 충격이었다. 잔잔한 멜로디와 함께 가사를 곱씹을수록 선명해지는 것. 소리 내 울었던 적이 언제였던지. 까마득한 시간이 흘러서야 내가 울음과 함께 무엇을 삼키고 있었는지 자각한다. 결국 내 첫 아르바이트는 얼마 가지 못해 그만두었다. 사장님에게 앞 담화를 당한 것이 클라이맥스였다. 혼자 접시를 닦으며 가슴은 뜨거워지는데 머리는 차가워지는 느낌을 받았다. 그리고 집에 돌아오는 길에 펑펑 울고는 이 모든 것을 그만둬야겠다고 다짐했다. 어떤 관계든 쉽게 끊지 못하는 나였는데 막상 저지르고 나니 속이 시원했다. 책임감과 자존감을 맞바꾼 것일지도 모른다. 그러나 매일 밤 끊임없이 나를 괴롭히던 부정적인 감정들은 그 날로 사라졌다. 그리고 나는 얼마 지나지 않아 새로운 아르바이트를 찾았고 그제야 내가 나로서 기능한다는 느낌을 받았다.

그냥 울고 싶은 날이 있다. 나는 언젠가부터 우울할 때 슬픈 영화, 드라마를 찾게 되었다. 펑펑 눈물을 흘리고 나면 슬픔과 분노의 감정은 옅어지고 후련한 감정만 남는다. 얼마 전에도 슬픈 다큐멘터리를 보았다. 시한부 인생을 사는 아내와 남편의 삶을 담은 영상이었는데, 그 영상을 본 후 말 그대로 펑펑 울었다. 이렇듯 나는 종종 의도적으로 슬픈 영상을 찾아본다. 아이러니하게도 소리 내 펑펑 울고 나면 기분이 좋아진다. 왜일까?

실제로 눈물을 흘리면 몸에서 엔도르핀, 세로토닌, 엔케팔린 등과 같은 행복 호르몬이 분비된다. 또, 나는 울고 나면 머릿속이 싹 정리되고 분노가 가라앉는 듯한 느낌이 드는데, 실제로 눈물은 분노, 불안을 가라앉히는 데 효과가 있다.

"나 오늘 떡볶이가 먹고 싶어."

"나 오늘 너무 울고 싶어."

아르바이트 일을 마치고 집에 들어오면 가끔 지나치게 피로하다. 몸이 아니라 정신이 말이다. 나는 먹고 싶은 음식을 소비하듯 내 눈물을 소비하며 스트레스를 푼다. 나에게 반말로 호통치던 손님과 툭 카드를 던지던 손님, 유독 고단한 하루가 있다. 이런 날에 나는 습관적으로 반추를 하게 되는데 이런 상황에서 스스로를 구제하지 않으면 스트레스가 몇 배로 쌓인다. 이럴 때는 곱씹을 생각을 하지 못하게 아예 잠에 드는 것도 방법이다. 그렇지 않으면 또 무한한 자책과 강박에 빠져 스스로를 괴롭힐지 모르니 말이다.

스트레스는 만병의 근원이라는 말이 있다. 실제로 우리 몸은 스트레스를 받으면 '코르티솔'과 같은 호르몬이 분비되는데, 이는 우리 몸의 면역력을 저하해 질병으로부터 노출되게 한다. 스트레스는 삶의 질과 상당한 연관이 있다. 적당한 산책이나 낮잠, 운동, 취미를 통해 충분히 스트레스를 해소할 수 있다.

행복하다가도 울적한 밤이 있다. 신나게 친구와 놀고 난 후, 돌아가는 지하철에서 느끼는 외로움 같은 것 말이다. 그렇게 어느 날, 슬픔이 찾아온다면 주저 없이 울라고 나는 말하고 싶다. 우는 것은 부끄러운 것이 아니다. 눈물을 흘리는 것이 최소한의 방어 수단이 될 것이다.

삶은 때론 오르기 힘든 산과 같다. 가파른 산을 오르며 터지는 숨을 참는 사람은 없다. 반추는 반성이 아니며, 울지 않는 것은 인내가 아니다. 지나간 것들에 대한 후회는 날숨에 흘려보내고 정상을 향해 걸어가자. 앞으로 눈물 흘릴 수많은 날들을 위하여.

인생은 자전거를 타는 것과 같다.
균형을 잡으려면 움직여야 한다.

– 아인슈타인

● **최아연**

모든 일에 최선을 다하되 행복을 놓치지 말자.

ⓘ ayeon526

_____ 최아연

선택의 오류

고유진

선택은 어렵다. 라면을 먹을까 김치찌개를 먹을까? 버스를 탈까, 지하철을 탈까? 어느 대학을 가야 할까? 어느 회사에 취업할까? 삶 속에는 너무나 많은 선택지가 존재한다. 어떤 선택을 해야 내가 더 행복할지 후회하지 않을지 고민에 또 고민을 반복한다. 설령 라면 대 김치찌개라는 아주 사소한 것이라도 나는 최고의 선택을 하기 위해 머리를 쥐어짠다. 라면은 배가 금방 꺼질 거 같은데, 라면 국물은 먹고 싶고, 김치찌개를 먹으면 든든하게 배를 채울 수 있지만 라면이 더 맛있을 거 같고, 누군가에게는 정말 고민이라고 부를 수 없을 만큼 쉽게 내릴 수 있는 결정일 테지만 나에게만큼은 그렇지 않다. 잘못된 선택을 했을 시에 오는 후회가 너무나 싫기 때문이다. 무엇이든지 간에 최상의 선택을 하고 싶다. 이런 나의 문제 아닌 문제점은 삶을 살아갈수록 더욱 도드라졌다. 어렸을 때는 그저 더 맛있는 것을 먹기 위해 혹은 더 재밌는 게임을 하기 위해 선택의 고민을 했다면, 이제는 어쩌면 나의 인생이 바뀔 수도 있는 중대한 결정을 해야 하기 때문이다.

내 인생의 첫 중요한 결정은 고등학교 3학년 때였다. 어느 대학의 어느 학과에 가야 할 것인가 하는 선택이다. 아침 일어나서부터 밥을 먹고 샤워를 하고 잠이 들기까지 머릿속은 수많은 고민들로 가득 차 있었다. 나에겐 대학 원서를 넣을 수 있는 6개의 카드가 있었고 이 카드들을 얼마나 적절하게 사용할 것인지가 관건이었다. 지금 다니고 있는 이 대학교는 사실 1순위는 아니었고, 4순위쯤이었던 것 같다. 나는 상향 대학교보다는 내가 붙을 수 있는 확률이 높은 대학교에 주로 원서를 넣었다. 대학이 떨어지는 것이 싫었기 때문이다. 대학 입시에 성공하지 못하면 고등학교 내내 대학만을 보고 달려온 나의 노력이 어쩌면 보잘것없어지는 것이 아닌가 하고 말이다. 설령 내가 적정으로 넣었던 대학에 붙는다 해도 전혀 행복하지 않을 것 같았다. 인생이란 게 원래 그렇듯이 원하는 대학에 모두 붙으란 법은 없었다. 내 성적대와 비슷한 대학교 위주로 원서를 썼던 탓인지 4개의 대학교에 붙었고, 두 번째 고민에 시작됐다. 이 대학들 중 내가 갈 대학교를 골라야 했다. 한 대학교는 지방에 있어 대학 생활을 잘 즐기지 못할 것 같아서 포기, 하나는 여대라 연애를 못해볼까 싶어 포기, 한 대학은 심리학이 아닌 상담학과라 포기. 지금 대학은 신생 학과라 아직 자리 잡지 못해 있을까 하는 걱정도 있었지만, 태어나서부터 지방에서 살아왔던 탓에 도시 생활에 대한 로망이 있었고 결국 지금의 대학교에 다니게 되었다. 이렇게 글로 적어놓으니 별 심각한 고민 없이 선택을 한 것 같아 보이지만 실제로는 그렇지 않았다. 줏대 없이 이리저리 오가며 고민했던 당시의 시간들이 글에 표현되지 않아 아쉽다. 아마 나의 부족한 글솜씨 때문일 테지만 말이다.

더 나은 선택을 위한 고민의 시작은 정서의 예측에서부터 시작된다. 미래에 자신이 얼마나 강하게 또 오랫동안 행복할지 예상해 보고 그에 따라 인생의 사소한 것부터 중대한 사안들까지 수많은 결정을 내리게 된다. 하지만 이러한 예측이 항상 정확한 것은 아니다. 예측한 행복과 현실의 행복 간에는 차이가 있다. 사람들은 미래의 사건이 행복에 미치는 영향을 과대평가하는 경향이 있다. 성공의 기쁨이나 실패의 절망이 실제보다 강하고 오랫동안 지속될 것이라 생각하는 것이다. 그러나 현실에서는 감정의 영향이 덜 강하고 짧게 지속된다. 원하는 대학에 붙지 못하면 정말 모든 것이 좌절될 것만 같았지만 이제 와 돌이켜 보면 걱정했던 것만큼 힘들지도 않았고, 수도권에서 대학 생활을 하면 보다 새로운 경험을 할 수 있지 않을까 기대했지만 지내다 보니 그다지 특별한 것도 아니었다. 나의 예측에 오류가 있었던 것이다. 삶의 한 시기에 한 사건만 존재하지는 않는다. 대학엔 떨어졌지만, 친구들과 여행을 가기도 하고 하루 종일 게임을 하기도하고 여러 변화들이 동시에 일어난다. 대학에 떨어졌다는 한 사건에만 초점을 맞추어 행복을 예측했던 난 그러한 오류를 범하게 된 것이다.

이제 내 인생의 두 번째 중대한 결정을 할 때가 왔다. 바로 취업이다. 대학 입시와는 다른 더 큰 고비가 기다리고 있다. 더 많은 선택지와 더 많은 고민들이 가득한 이 시기에 또다시 행복의 예측을 시작한다. 어떤 직업을 선택하는 것이 나에게 가장 큰 만족을 줄 것인가? 하지만 나의 이 선택에 정답은 없다는 것을 이젠 안다. 미래의 행복을 아주 객관적으로 모든 측면을 고려해 완벽하게 예측해 낼 수 있는 능력이 있다면 좋겠지만 아쉽게도 나에겐 그런 능력이 존재하지 않는다. 그저 내가 할 수 있는 건 예측엔 오류가 있음을 인식하고 이 오류의 영향력에서 벗어나는 것이다. 예측을 정확히 해낼 순 없더라도 다행히도 인간에겐 다른 능력이 존재한다. 바로 본래의 심리적 상태로 회복하려는 능력이다. 취업에 실패했을 때 엄청나게 괴롭고 그 좌절감이 오랫동안 지속될 것이라 생각한다. 하지만 얼마만큼의 시간이 지나면 사람들은 다시 원래의 행복도로 돌아간다. 그 반대의 경우도 마찬가지이다. 취업에 성공해 느끼는 행복에도 적응한다. 이렇게 현실의 고통은 예상보다 훨씬 빠르게 회복한다. 상상 속에서 어떤 나쁜 일에만 초점을 맞추고 있을 때면 인생 전체가 망한 것처럼 느껴진다. 하지만 실제로 그 나쁜 일이 일어난다 하더라도 일상은 대부분 변함없이 지속되었다. 나의 비관적인 예상과는 달리 생각보다 별거 아닌 일이었다.

인생은 선택의 연속이다. 보다 나은 선택을 위해 고민에 고민을 거듭한다. 미래에 일어날 일이 얼마나 고통스러울지 혹은 얼마나 즐거움을 줄지 예상하고, 가장 만족스럽다고 여겨지는 선택을 하게 된다. 고민의 이유는 더 행복한 삶을 위한 것이다. 하지만 행복을 위한 행복의 예측에는 오류가 있다. 그렇다면 정확한 예측을 하는 방법을 알려줘야 하는 것이 아닌가 하는 생각이 들 수도 있다. 하지만 내가 행복 예측의 오류를 통해 하고 싶은 말은 따로 있다. 자신이 하고 있는 수많은 선택지에 대한 걱정들이 지금은 무조건적으로 정답인 것처럼 느껴질 수 있겠지만 사실은 그렇지 않다는 것이다. 정확하지도 않은 걱정 때문에 겁먹고 포기하는 것이 아니라 그냥 자신을 믿고 삶의 선택을 해 나가는 것이 보다 행복에 가까워지는 방법이 아닐까 싶다.

나를 믿어라. 인생에서 최대의 성과와 기쁨을
수확하는 비결은 위험한 삶을 사는 데 있다.
Believe me: the secret for harvesting from existence
the greatest fruitfulness and greatest enjoyment is
- to live dangerously.

- Friedrich Nietzsche

● 고유진

일상의 작은 순간들에서 느끼는 사소한 행복을 사랑합니다.

5장

마음을
다스립니다

떨어지는 눈물을
잡는 법

최유라

눈물이 떨어졌다. 적당히 조용한 뉴욕 지하철이었다. 아직 포장도 뜯지 않은 32인치짜리 촌스러운 캐리어를 든 동양인 여자가 벌게진 얼굴로 울고 있으니 주변 사람들의 시선을 뺏기엔 제격이었다. 한 미국인이 나를 보고는 "저 사람이 꼭 행복해졌으면 좋겠어."라고 말할 정도였다.

첫 여행이었다. 플로리다에서의 방문학생 생활을 끝내고 바로 룸메이트들과 뉴욕으로 떠났다. 그리 기분 좋은 시작은 아니었다. 3개월 동안 매일 봤던 친구들을 다시 볼 수 없다는 생각에 모두 퉁퉁 부은 눈으로 발걸음을 옮겼다. 비행기를 타고

뉴욕에 도착하여 수화물을 기다렸다. 한참을 기다리고 나서야 보인 내 캐리어는 낯선 모습이었다. 바퀴 쪽 지퍼가 터져 옷들이 튀어나왔던 것이다. 순간 너무 당황스러웠다. 숙소까지 지하철로 약 1시간 반 정도가 걸렸기에 이 위태로운 지퍼가 과연 버텨줄 수 있을지 가늠이 되지 않았다. 지퍼를 억지로 끼워 대충 수습한 후 일단 괜찮은 척하며 지하철에 올랐다. 한참을 지나 환승역에 내렸다. 하지만 분위기가 심상치 않았다. 갈아타려던 사람들이 전부 밖으로 나갔고, 길은 막혀 있었다. 공사로 인해 해당 지하철을 이용할 수 없었던 것이다. 버스를 타고 이동해야 하는데 가는 방법은 오직 계단이었다. 바닥이 터져 불안한 30kg짜리 캐리어를 들고 있던 나였기에 몸무게의 반이 넘는 짐을 가지고 가파른 계단을 올라가는 것이 여간 쉽지 않았다. 그 추운 12월의 뉴욕에서 땀을 흘리며 끙끙거리다가 잠시 쉬었다. 그 모습이 안쓰러웠는지 한 미국인 남성이 "위까지 들어줄까요?"라고 말했다. 하지만 주변 사람들에게 미국인이 도움을 주고 나서 돈을 요구했다는 이야기를 수도 없이 들었기에 쉽사리 답하지 못했다. 마음 같아선 제발 들어달라고 하고 싶었으나 애써 고민하며 "Umm….."을 반복했다. 결국 의심을 알아챘는지 "도와줄게요."라고 하고는 캐리어를 번쩍 들고 위에 가져다주었다. 의심했다는 사실 자체가 미안하기도 하고 힘든 와중에 큰 도움이 됐기에 감사 인사를 반복하였다.

    이제 다 해결된 것처럼 보였다. 지금 들고 있는 캐리어가 밑이 터졌다는 사실을 잊어버린 것이다. 숙소까지 15분 정도 걷는 중이었는데 결국 또다시 옷들이 자기주장을 펼치기 시작했다. 막막했지만 어쩔 수 없으니 일단 쑤셔 넣고 달렸다. 역시나 땀을 뻘뻘 흘리며 간신히 숙소에 도착했다. 한숨 돌렸다고 생각하며 이미 풀려 있는 짐을 풀고 타임스퀘어로 나섰다. 번쩍거리는 불빛, 크리스마스를 준비하는 거리, 웅성거리는 사람들. 아름다운 곳이었지만 아무것도 보이지 않았다. 머릿속엔 캐리어 생각밖에 없었다. 결국 무리에서 잠시 떨어져 새로운 캐리어를 찾아 나섰다. 없는 살림에 나머지 3곳의 여행지와 12일의 시간을 버틸 캐리어를 고르자니 쉽지 않았다. 돌아다니다 지쳐 아무거나 사려고 마음먹고 169불에 32인치짜리 캐리어를 샀다. 나름 흥정을 해준 것이었으나 사실 바가지였다. 뭐라 해줄 정신도, 기력도 없었기에 대충 웃어주고 나왔다. 그 큰 캐리어를 끌고 멍한 정신으로 조금 더 구경하고는 숙소로 돌아가려 지하철을 탔다. 지하철 안에서 계획에 없던 새 캐리어를 끌고 우울하게 서 있는 나를 생각해 보니 너무 비참하고 억울해서 눈물이 절로 나왔다. 평소 같았으면 주변 시선을 생각해 꾹 참았겠지만 이미

2
4
0

눈물은 흘러버렸고 체면 따위 외국에서 신경 쓸 일도 아니었다.

　간신히 진정하고 숙소로 돌아왔다. 바로 엄마께 전화를 걸었다. 상황을 전부 설명드리곤 부족해진 돈에 관한 이야기도 어렵게 꺼냈다. 착잡하지 않을 수가 없었다. 다행히 용돈을 미리 보내주시겠다고 하셔서 앞으로의 걱정은 하지 않아도 됐다. 상황은 끝이 났고, 하루가 마무리되었지만 답답하고 불안한 마음은 사라질 줄을 몰랐다.

　여행에서 별거 아닌 일에 스트레스를 받는 상황은 쉽게 발생한다. 사실 캐리어가 터진 이 상황도 그리 중대하고 절망적인 일이 아니다. 일상생활에서 가방이 터진 일이었다면 아무렇지 않게 다른 가방을 사 대처할 수 있는 작은 사건이었을 것이다. 즐거워야 하는 여행이기에 자연스럽게 넘기지 못하고 더욱 민감하게 반응했던 것뿐이다. 이런 스트레스는 본래 아주 사소한 것이지만 낯선 환경에서 새로운 사람들을 만나 색다른 경험을 쌓고자 할 때 그 무엇보다 크게 느껴질 수 있다. 그래서 스트레스에 어떻게 대처하고 해소할 것인지가 중요하다. 그 누구도 이 특별한 여행이 뒤엉킨 기억으로 남는 것을 원치 않기 때문이다.

최유라

안정적이었던 나를 흐트러뜨리고 스스로 문제를 해결하기 어렵게 만드는 스트레스를 마주했을 때, 우리는 어떻게 대처할 것인지를 결정한다. 나는 캐리어가 터진 상황을 해결하고자 대충 수습한 캐리어를 가지고 지하철에 탑승했으며, 무거운 캐리어를 들기 위해 다른 사람의 도움을 받았다. 또한 본질적인 문제 해결을 위해 새로운 캐리어를 구매했다. 스트레스의 시작이 터진 캐리어였기에 원인을 변화시켜 현실적으로 대처하고자 한 것이다. 이로써 문제 상황 자체는 해결됐으나 어딘가 불안하고 허탈한 마음은 남았다. 스트레스 때문에 엉망이 된 나의 마음을 살펴보지 못했던 것이다. 단지 불편한 이 감정을 계속해서 생각하고 되새기며 곱씹기만 했다. 계속해서 첫 단추를 잘못 끼운 이 여행의 비극을 떠올리며 주변의 새로움을 즐기지도 못했고, 무리에서 벗어나 캐리어 구매에만 시간을 쏟았다. 이는 스트레스 대처에 전혀 도움이 되지 않았고, 오히려 내게 우울함만 더 해줄 뿐이었다.

나에게는 상황을 다르게 생각하고 바라볼 필요가 있었다. 계속해서 우울한 상황과 감정에만 집중하여 불편해하는 것이 아니라 그저 상황을 객관적으로 인지해야 했다. 그리고 나서 사건을 다시 해석했어야 한다. 캐리어가 터져 불편한 상황이 발생한 것은 맞지만 이는 내 잘못이나 의지로 벌어진 일이 아니다. 어쩔 수 없는 상황을 과도하게 부정적으로 생각하는 것은 전혀 도움이 되지 않는다는 것이다. 이때 생각을 바꾸면 다른 감정이 찾아온다. 어려움 속에 있을 때 도움을 준 친절한 미국인에게 감사라는 감정을 더 크게 느낄 수도 있다. 아니면 이번 상황을 통해 미국의 기념품 숍에는 캐리어를 판다는 정보를 알아가니 유익하다고 여길 수도 있다. 그것도 아니면, 다음 여행에 차질이 생기지 않도록 문제를 해결한 나 자신에게 뿌듯함을 느끼고 칭찬해 줄 수도 있다. 이렇게 상황을 재해석하여 정서적 불쾌감을 줄이는 '인지적 재구성'을 통해 이제는 그때의 스트레스에 대해 다르게 생각한다. 터진 캐리어는 나의 대처 능력을 길러주었고, 그 모든 어려움은 타지에서 낯선 외국인에게 위로와 도움을 받은 소중한 경험으로 자리 잡았다.

여행은 항상 즐거운 일이 아니다. 하지만 즐겁지 않은 순간에도 여행이기에 깨달을 수 있는 것이 있고, 여행이기 때문에 경험할 수 있는 일이 있다. 계획이 틀어지고 원하는 대로 움직이지 못할 때, 우리는 생각을 바꿔야 한다. 우리가 상황을 어떻게 바라보느냐에 따라 모든 문제와 스트레스는 다른 방식으로 기억에 남는다. 뉴욕 여행은 일그러진 기억이었다. 하지만 지금은 이 여행이 나를 성장시켰다고 믿는다. 내가 겪은 상황은 여행을 앞둔, 그리고 낯선 타지에서 살게 될 사람들에게 전부 벌어질 수 있는 일이다. 분명히 버겁고 힘들 것이다. 하지만 무너질 것이 아니라 다르게 해석한다면, 우리는 스트레스 상황을 별거 아닌 일로 만들 수도, 오히려 좋은 일로 바꿀 수도 있다. 생각의 변화는 스스로의 힘을 길러주고 어떤 일이든 유연하게 대처할 수 있도록 돕는다. 이것은 내 안에서 일어나는 일이고 내면의 변화는 나로부터 시작된다. 떨어지는 눈물을 멈출 수 있는 건 오직 나뿐이다.

행복은 우리 자신에게 달려 있다.

– 아리스토텔레스

● **최유라**

마음을 건네고자 진심으로 나아갑니다.

편한 신발

배지희
◇◇◇◇◇◇◇

작년 가을, 늦잠 자던 나를 깨운 전화가 여전히 선명하다. 감사하게도 모 학회 편집간사로 일할 기회가 찾아온 것이었다. '편집간사? 편집은 알겠는데, 그럼 간사는 뭐지?' 전화기를 내려놓은 후 가장 먼저 들었던 생각이었다. 난생처음 들어보는 생소한 단어에 인터넷에도 검색해 보고 주변 선배들에게도 이리저리 물어보았다. 하지만 돌아오는 대답은 전부 모른다였다. 그렇게 호기심과 설렘을 안고 보낸 하루였다.

간단히 학회지에 투고된 논문 심사를 돕는 일이었다. 그 과정에서 심사의뢰를 드리기도 하고 심사결과를 전달하기도 했다. 살며 처음 접해보는 논문투고시스템은 어려웠고, 나는 논문의 '논' 자도 몰랐던 학부생이었기에 늘 헷갈림의 연속에 서 있었다. 어수룩했던 사회초년생은 어려울수록 그저 몸으로 부딪쳤다. 모르는 것을 물어보는 게 내심 창피했지만, 자주 물어보고 직접 찾아보았다. 그러다 보니 나중에는 이 일이 게임의 미션을 깨는 것처럼 재밌어지고, 또 돌아오는 성취감도 만족스러워졌다. 그렇게 첫날의 호기심과 설렘은 점점 이 일을 잘 해내고 싶다는 열정으로 바뀌어 갔다.

다만, 한 가지 그 해가 넘어가도록 해결되지 않던 어려움이 있었으니, 업무 관련 메일을 보내는 작업이었다. 매일 올라오는 문의에 답변을 드리거나 논문이 새로 투고되면 그 심사 요청을 드려야 했는데, 메일 상단인 '받는 사람'에 올려지는 많은 분이 오랫동안 학계에 몸 담그신 전문가 선생님과 교수님이셨다. 그래서인지 메일 하나 보내는데도 고민이 참 많았다. 내용이 예의 없게 느껴질까, 내 설명이 잘 전달될까, 문맥은 깔끔해 보일까…. 하나하나 따지면 메일 한 통에 족히 30분씩은 걸리기 십상이었다. 그래서 웃프게도 나와 함께 다니는 동기들은 항상 어떤 문장이 더 괜찮아 보이는지 같이 골라주느라 애를 먹었다. 처음에는 그저 다른 일처럼 시간이 지나면 점점 익숙해질 거라고 여겼지만, 사람을 대하는 일이라 그랬던 걸까…. 말이라는 게 이상하게 고민하면 고민할수록 쌓여만 갔다. 또 전송 버튼을 누르고 나면 실수한 부분이 있을까 늘 머릿속에 내가 보낸 문장들이 빙빙 돌았다. 모든 게 처음인 사회초년생에겐 사회에서 어떤 표현들이 수용되고, 어떤 표현이 무례한지 늘 헷갈렸던 것 같다. 그리고 처음 맡은 일을 잘 해내고 싶은 마음이 커질수록, 배우는 과정에서 미움받기 무서운 마음도 커졌다. 처음이기에 중간중간 나오는 실수를 막고자, 더 완벽함에 신경을 썼다. 그러다 메일 보내는 시간이 점점 늘어나는 걸 스스로가 알았을 때 문득 막막하다는 생각이 들었는데, 그 막막함은 검은 잉크처럼 노트북을 꺼내기도 어느 순간 간단한 전원 버튼 하나 누르기까지도 벅차도록 번져갔다.

"나 완전 고장 났어." 오랜 동네친구와 맥주 한 잔 마시며 툭 고민을 던졌다. "요즘 노트북 켜는 데만 1시간이야." 5분 만에 해결할 수 있는 일을 시작에만 1시간을 쓴다. 그럴 때마다 내 몸이 마치 물에 빠진 로봇 같아 답답하기 그지없었다. 그런데 또 가만히 앉아 아무것도 안 하기엔 나중에 후회할까 두렵기도 했다. 하지만 시작하기에는 또 막막하고, 주저리주저리 도돌이표처럼 반복되는 고민을 담담히 듣던 친구가 입을 뗐다. "빙

글빙글, 네 말이 더 답답하다. 대체 뭐가 막막한 거야. 왜 그 상황에서 막막하게 느낀 건데?" "아니, 그러니까 뭐가 막막하냐면…." 대답을 고민하다 문득 든 생각은, 친구의 질문이 Beck의 ABC 기법과 참 비슷해 보인다는 것이었다.

ABC 기법은 우울 치료에 자주 쓰이는 기법으로, 힘든 상황에서 나도 모르게 가진 자동적 생각을 찾아 그 생각이 정말 맞는지, 내게 과연 유용한지를 살펴보는 것이다. 먼저, 내가 불쾌했던 감정c을 살피고, 그 감정을 유발한 사건A을 객관적으로 보고, 그 사건에 대해 자동으로 들었던 나의 생각B을 찾아낸다. 일어난 사건A은 결국 바뀔 수 없으니 나의 자동적 생각B을 바꾸면 그동안 느꼈던 감정c도 바뀔 것이라는 이론이다. 마치 불편했던 구두를 편안한 운동화로 바꿔 신는 것과 같다. 같은 길이더라도 구두를 신느냐, 운동화를 신느냐에 따라 그 편안함이 달라지지 않는가.

나의 감정은 답장을 보내기가 어려운 막막함이었다. 그 감정을 일으킨 객관적인 사건은 아침에 새로 온 메일 3건에 답장을 해야 하는 상황이었다. 그 사이에서 나 자신도 모르게 했던 자동적 사고를 가만히 들여다보았다. 답변에 내가 잘 알지 못해 정확하지 않은 내용을 보내거나, 버릇없어 보이는 말을 담아 받는 이의 기분을 상하게 한다면 나에 대해 안 좋은 평가가 내려올까 불안했다. 또, 내 미숙함으로 인해 함께하는 분들에게 번거로움을 드리고 싶지 않은 마음도 컸다. 그런 허점을 조금이라도 줄이기 위해 스스로 오랜 고민과 노력을 거듭해야 한다고 생각했고, 그렇게 답변을 보내는 시간이 1~2시간 늘어났다. 그동안의 부담감, 그리고 실수에 대한 강박과 예기불안으로 뭉친 나의 자동적 사고를 바라볼 수 있었다.

하지만, 그 생각을 현실로 끌고 와 보니 이는 굉장히 허황된 이야기였다. 막상 메일을 열어보면 내가 아는 내용이 있어 금방 해결할 수도 있고, 만약 실수했더라도 상대방이 크게 연연하지 않을 수 있지 않은가. 돌이켜 보면, 나는 걱정이 참 많았다. 그렇기에 실수 하나하나에 매번 스스로를 너무 아프게 하지 않기를 바랐다. 그래서 새로 신고자 한 나의 대안적 사고$_B$이자, 새 신발은 다음과 같았다. '내가 할 수 있고 없고는 펼쳐봐야 알고, 실수는 상상만큼 미래에 큰 영향을 끼치진 않는다. 실수는 성장의 거름으로 담담히 받아들이자.' 그렇게 생각하니 첫째, 내가 아는 내용일 수도 있기에 일단 메일을 열어볼 용기가 생겼고 둘째, 결국 앞으로의 일은 아무도 모르기에 먼저 나아가 사사로운 걱정에 오랜 고민을 담지 않기 시작했다. 마지막으로, 나의 부족한 모습을 받아들이며 그동안 애써 숨겨왔던 단점들도 작게나마 고쳐지기 시작했다. 처음에는 내심 스스로 실수에 관대하다 보면 정말 우려했듯이 누군가에게 흠 잡히지 않을까 걱정도 있었지만, 그럼에도 불구하고 내 자신으로부터 자유로워짐을 느꼈다. 결국, 난 꿈을 향한 길에서 남에게 예뻐 보이는 구두보다 투박하더라도 나에게 편한 운동화를 꺼냈다.

일체유심조, '모든 일은 마음먹기에 달렸다'. 불교의 핵심 사상이다. 처음 이 문장을 보았을 때, 우리의 생각이 가지는 힘을 잘 담아낸 것 같아 오래 기억에 남았다. 나를 가장 행복하게 하고, 반대로 힘들게 하는 것은 모두 내가 어떻게 생각하는지에 달렸다. 모든 것이 처음이고 낯설었던 나는, 잘 모르기에 완벽함으로 실수를 가려야 한다고 생각했지만 사실 생각을 바꾸어보면 잘 모르기에 실수가 나오는 것이다. 그 부족함을 숨기지 않고 담백하게 받아들이는 순간, 한 단계 더 꿈을 향해 나아갈 준비를 한 것이다. 앞으로의 길은 모두 낯선 초행길이겠지만, 우리 모두 꿈을 향한 걸음에 각자의 편한 신발을 신고 더 높이, 더 오래 나아가기를 바라는 마음이다.

상처 입은 굴이 진주를 만든다.

- 랠프 월도 에머슨

● 배지희

한결같이 따뜻한 마음과 온화한 공감을 전합니다.

고슴도치의 과거, 현재
그리고 미래를 위하여

정찬희

　부모님은 어렸을 때부터 나와 오빠를 데리고 여기저기를 여행하셨다. 그래서 그런지 어렸을 적 사진을 보면 여행 가서 찍은 사진이 많은 비중을 차지한다. 중학생이 되어서는 처음으로 해외여행에 가게 되었고, 부모님은 나와 오빠에게 계속해서 더 넓은 세계를 보여주려고 하셨다. 그리고 지금의 나는 그 영향을 고스란히 받아 틈만 나면 여행을 다니는 사람이 되었다.

　사실 나는 좀 예민하다. 아니, 많이 예민했다. 다른 사람의 시선, 나에게 기대하는 모든 것이 압박으로 느껴졌고, 그런 압박은 강박을 만들었고, 결국 예민해지지 않으면 이겨낼 수 없을 것 같았다. 그래서 늘 밖에서 놀기를 좋아한 나는 중학생, 고등학생이 되면서 바깥보단 나를 제어할 수 있는 작은 공간들이 안전하다고 느꼈고, 외부로 나가게 되면 내가 많이 힘들어지고, 내가 더 많이 예민해져서 결국엔 무너져버릴 거라고 생각했다. 여행은 이런 나를 많이 바꿔주고, 변화시켜 주었다.

수많은 국내, 해외여행을 다녔지만, 가장 최근의 여행했던 기억을 꺼내보자면, 보림이라는 친구와 떠났던 부산 여행과 고등학교 친구들과 떠난 일본 여행이다. 두 여행 모두 내가 아르바이트를 하면서 모은 돈으로 떠난 여행이었고, 부모님 없이 떠난 여행이라 기억에 남는다. 그리고 내가 가장 좋아하는 계절인 '겨울'에 떠나 더 행복하고 뜻깊게 느껴졌다. 이 여행들을 통해 나는 누군가를 따라가는 여행이 아니라 내가 직접 만들어 가는 여행의 재미를 알게 되었다. "과거는 힘이 없다."라는 말을 믿고 있던 나는 과거를 통해 힘을 얻고 살아가게 되는 사람으로 변했다. 심리학적으로 보면, 나는 여행을 통해 '학습'이라는 것을 하였고, 더 많은 여행을 다니는 '행위'가 강화되었다고 볼 수 있다.

여기서 '학습'이란 '새롭고 비교적 지속적인 정보나 행동을 획득하는 과정'을 의미한다. 그리고 학습에는 '고전적 조건형성'

과 '조작적 조건형성'이 있는데 나의 행동은 조작적 조건형성에 가깝다고 생각한다. '조작적 조건형성'에 대표적인 학자로는 Thorndike가 있는데, 이 학자는 그가 만든 퍼즐 박스에 고양이를 넣고 탈출 시간을 여러 번 측정하여 학습이 일어나는지 확인하는 실험을 했다. 그 결과, 고양이가 박스에서 탈출하는 시간이 유의미하게 줄었고, 이는 고양이에게 학습이 일어났음을 보여주었다. 이것을 '효과의 법칙'이라고 한다. 나는 나를 외롭고 힘들게만 하는 퍼즐 박스에 갇혀 있었지만, 부모님과 친구들과의 떠났던 여행을 통해 '행복'이라는 강화물을 지속적으로 획득했고, 이를 계속해서 획득하기 위해 여행을 자주 가는 행동이 발현된 것이다. 또한, 여행에서만 느끼고 경험할 수 있는 것들이 그때에만 나에게 행복을 주는 것이 아니라 힘들 때 사진첩을 보고 회상하면서 그때의 감정을 곱씹을 수 있기 때문에 계속해서 지속되는 강화물이라고 생각한다.

그리고 부모님께서는 나와 오빠에게 우리나라의 다양한 지역과 여러 나라를 여행시켜 주시면서 부모님의 행동이 나에게 모델링이 되었고, 나는 성인이 되어서 독립적으로 여행을 떠날 수 있을 때 이 행위가 발현이 된 것 같다고도 생각이 들었다. 어렸을 때 여행을 간 기억 모두 따뜻하고 행복하게 남아 있었고, 부모님 또한 여행을 하시면서 늘 "다음에 또 오자." "너네도 커서 많은 곳을 여행해라."라고 습관처럼 말씀하셨다. 부모님이 여행을 하시면서 '행복'이라는 보상을 얻고, 계속해서 여행을 다니시는 모습을 보면서 나도 무의식적으로 이 행위가 학습된 것이다. 또한 부모님은 나와 오빠가 성인이 된 이후로는 두 분이서 여행을 여기저기 다니시면서 나에게 여행에서 봤던 것들을 메신저로 보여주시곤 한다. 내가 굳이 여행을 가서 행복을 느끼지 않았지만, 부모님께서 여행을 다니면서 행복을 느끼시는 걸 보고 나도 여행을 좋아하게 되었고, 여행을 많이 계획하는 것 같다는 생각이 들었다.

부산 여행과 일본 여행을 가기 한 달 전, 나는 편두통으로 대학 병원에 갈 정도로 많이 아팠던 적이 있었다. 이때는 한 달 동안 아르바이트에도 가지 못할 정도로 아팠었고, 친구들과의 약속도 취소하면서 두통 치료에 전념했었다. 여태껏 쌓아왔던 예민함이 밖으로 드러났고, 결국 그 피해는 모두 나에게 고스란히 돌아왔다. 끝나지 않을 것 같은 두통으로 인해 신체적으로도, 정신적으로도 힘들었던 날들을 보냈다. 다행히 한 달 후 두통이 점점 완화되었고, 부산으로 2박 3일간 여행을 떠나게 되었다. 건강을 되찾고 난 직후의 해운대, 광안리의 바닷가를 하염없이 바라보며 잊고 있었던 여행의 행복을 다시 느끼게 되었다. 그리고 고등학교 친구들과 떠난 일본 여행은 양말에 구멍이 날 만큼 많이 걸었고, 고생하기도 했지만, 그때 보았던 일본의 거리, 지하철 속 사람들, 택시비를 아끼기 위해 하코네의 조용한 시골 동네를 누비며 나눴던 대화와 추위는 아직도 내가 잘 살아가고 싶은 원동력이 되고 있다. 그때 찍었던 사진은 한동안 나의 배경화면이었고, 핸드폰을 열 때마다 그때의 행복을 회상하며 하루하루를 보냈다. 아직도 종종 힘들 때면 그때의 사진들을 꺼내보고 '앞으로도 이런 행복을 만들어 나가야지'라는 목표를 만든다. 친구, 가족과 함께 떠난 여행은 그 행위 자체에서 기쁨이고 내가 지금 당장 열심히 살게 해주는 동기가 되는 것 같다. 똑같은 사계절 안에서 가는 여행이지만, 각각의 여행을 회상하면 각각의 여행이 주는 색깔, 분위기, 느낌이 생생하게 느껴질 정도로 다르고 특별하다.

그리고 이번 학기 내가 들었던 강의 중 가장 기억에 남았던 내용은 인간은 치매에 걸리고 난 뒤 많은 걸 잊어버리지만, 그중에서도 가장 기억 속에서 흐려지지 않는 것이 20대의 기억이라는 것이다. 강의를 해주신 교수님은 나 자신을 위해 20대에 좋은 기억으로 많이 만들어 주라고 말씀해 주셨다. 그 말을 듣고 난 이후로 내가 나중에 할머니가 되고, 세상의 모든 것을 조금씩 잊어갈 때 유일하게 나에게 진한 기억으로 남아 있는 유일한 20대의 기억을 다채롭게 만들어 가고 싶어졌다.

더 이상 예민한 나의 성격으로 내가 행복한 시간을 만들 수 있는 기회를 놓치고 싶지 않아졌다.

나는 사람은 자신의 과거와 현재, 그리고 미래는 죽을 때까지 이어진다고 생각한다. 여행은 과거를 다채롭게 만들어 주고, 현재에서는 넓은 세상에 내가 알지 못했던 또 다른 색이 있다는 것을 배우게 되고, 미래에는 내가 아직 보지 못한 색깔을 보게 될 것이라는 기대를 안겨준다.

여행을 하고, 여행의 기억을 떠올리면 인생에서 여러 가지 분위기와 경험을 느낄 수 있는 건 내가 직접 만들어 나가는 것임을 깨달았고, 그것이 정말 여러분의 시간과 돈을 투자할 만큼의 가치 있는 일임을 알려주고 싶다.

여행을 떠날 각오가 되어 있는 사람만이
자기를 묶고 있는 속박에서 벗어날 수 있다.
Only a person who is ready to go on a journey
can be free from the restraints that bind him.

– 헤르만 헤세(Herman Hesse)

● 정찬희

내가 훗날 갖게 될 힘과 지식으로 어딘가에서 상처받았을 사람들을 알아봐
주고 치료해 주는 것이 저의 목표이자 꿈입니다.

나 우울해서 파마했어

이창민

2023년도 어느새 막바지로 다가왔다. 연말이 되면 내가 뭘 하면서 지냈는지 고민해 보게 되는 것 같다. 이렇게 과거를 생각해 볼 때면, 지난날을 돌아보다 보면 좋았던 경험들 보다는 나를 힘들게 했던 사건들만 선명하게 기억이 난다. 생각해 보면, 좋았던 기억들은 방을 정리하다 발견하게 된 추억의 물건을 보게 된다거나 핸드폰의 메모리가 가득 차서 찍어두었던 사진을 정리하게 될 때 당시 추억이 회상되는 반면에 나를 힘들게 했던 기억은 특정한 자극 없이도 늦은 밤 갑자기 찾아온 손님처럼 예상치 못한 상황이나 시간에 문득 선명하게 잘 떠오르는 것 같다. 또, 그런 날이면 밤을 새우기도 하고, 그 경험을 다시금 되새기며, 그 당시에 감정이 올라오는 경험을 한다.

이와 같이 과거의 경험이 다시금 생각나게 되는 것을 반추사고라 한다. 반추는 여러 개의 위장을 가지고 있는 소가 여물을 저장해 두었다 다시금 꺼내어 되새김질하는 과정과 같이 과거의 실패 경험이나 후회, 부끄러웠던 일들이 생각나게 되는 인지 과정을 의미한다.

생각해 보면 반추사고는 나에게 항상 부정적인 결과만을 가져온 것은 아닌 것 같다. 나는 모임이나 지인들이 모이는 자리에서 적막한 분위기를 그다지 좋아하지 않는다. 그래서, 의도적으로 그들의 관심사나 최근 SNS에 올라온 모습들에 대해 이야기하거나, 짓궂은 농담으로 분위기를 풀기도 한다. 하지만 때로는 내가 무심코 던지는 농담들이 어떤 이에게는 가지고 있던 상처를 건드는 말이 되기도 했었다. 그럴 때면 나는 당황함을 감추지 못하고 그대로 얼어붙었다. 물론 그러한 일이 있었던 친구에게는 진심으로 사과하고 전혀 그럴 의도가 없었다고 잘 이야기를 나눴지만, 아차 했던 그 순간은 예상치 못했던 때에 문득 생각이 나곤 한다. 처음에는 그저 내가 남들과 대화를 잘하지 못하고 예의가 없는 사람인가 고민이 들었었다. 같은 실수를 어디서 또 반복할까 겁이 나기도 했다. 그렇다고 말을 아끼며, 모임을 피하는 사람이 되고 싶지는 않았다. 그래서 문득문득 떠오르는 그때의 기억을 그냥 나의 정기점검의 날로 생각하기로 했다. 대화에 부주의하게 던진 말이나, 상처가 될 발언은 하지 않기 위한 마음가짐을 챙기는 날로 인식하려 했다. 매번 이런 식으로 생각하며 지내왔더니, 지금에서는 나 자신을 생각할 때 가벼운 대화를 하지만 그럼에도 내 진중함은 간직하고 있는 모습으로 보여지는 것 같다.

내가 느끼기에 부정적인 감정은 마치 증폭기와 같아서 내가 처한 상황을 더욱 부정적으로 느끼게 하는 것 같다. 학창시절 친하던 친구들과 관계가 멀어진 기억은 나에게 그런 부정적인 정서를 많이 느끼게 한다. 내가 좀 더 포용적이었어야 했나 생각하다 가도, 그때 은연중에 느껴지던 날 거부하는 듯한 느낌들은 차라리 끊어내는 것이 더 잘한 일이다 생각이 들기도 한다. 이러한 경험들은 새로이 만나는 내 인간관계에서 많은 불안들을 느끼게 했다. 단순한 상황상의 거절을 나 자체에 대한 부정으로 느낄 때가 있는가 하면, 뒤에서는 나에 대한 험담이 나올지 모른다는 생각을 지울 수 없었다. 다행히도, 내게는 그런 내 불안들을 이해하고 그때그때의 내 불안을 유발한 사건들을 올바르게 해석하게 도와주는 내 몇몇의 지인이 있었기에 내가 처한 상황을 과 해석하는 일은 적었던 것 같다. 그러한 지인들의 도움 이후에는 나 스스로 상황을 객관적으로 보고자 노력을 많이 했던 것 같다. 그렇게 상황을 바라보기 시작하니, 나는 생각보다 그 사건 자체보단 과대하게 부풀려진 그림자에 겁먹고 있던 적이 많았다는 것을 깨달았다.

　과거의 사건들이 생각나 우울한 경험들은 누구에게나 있을 것 같다. 내가 그러한 경험들을 통해서 느낀 점은 우리의 일상은 생각보다 단단하다는 것이다. 과거의 사건들이 찾아와 우울을 내게 넘기고 떠나도 나는 다음날 학교를 갔고, 수업에 지루함을 느끼기도 하고, 빈 공강 시간에 점심으로 무엇을 먹을지 고민을 했다. 나는 문득 이런 내 자신을 보고 꽤나 놀랐다. 어제 내가 느끼던 감정과는 별개로 내 생활은 안정적이었으며, 과거의 있었던 사건들이 날 잠깐 우울하게 할 수 있겠지만 내 일상을 해치지는 못하는 것 같다는 생각이 들었다. 나는 그일 이후로 문득 드는 우울함에 가끔씩은 아무런 대처도 하지 않는다. 그저 평소와 같이 생활하고 평소와는 다른 감상이나 생각으로 일상을 맞이한다. 마치 소나기가 내린다고 지하 벙커에 숨어 두려움에 떨지는 않는 것과 같은 느낌이다. 우울이라는 정서는 나의 주의를 외부가 아닌 나 자신으로 향하게 하는 속성이 있다. 그래서인지 우울할 때 듣는 노래는 유난히 좋다든가 가사가 더 와닿는다든가 자주 접하던 환경에서도 다른 감상을 내놓기도 한다. 그런 감상들이 지금의 나를 만들었고, 나의 내면을 더욱

성숙하게 해준 것 같다.

언젠가, 누가 나에게 과거의 일 때문에 힘든 상황이라며 너라면 그럴 때 어떻게 할 것이냐 친구가 물어온 적 있다. 나는 이 글에 있었던 이야기를 거의 비슷하게 해줬던 것 같다. 내가 생각하기에 지금까지 나라는 사람이 세상을 경험하면서 느꼈던 것들이기도 하고, 또 내 생각에는 나에게 꽤나 도움이 되었던 방법들이기도 했기 때문이다. 물론, 이런 방법들을 그 친구에게 따라 하라고 말하는 것은 아니었다. 그저 나도 너와 같은 이유로 고민했었고, 같은 이유로 아픈 시간이 있었다고 말해주고 싶었다. 잘 전달이 되었을 지는 모르겠지만, 나는 우울해서 파마를 했다는 당신에게 나도 너와 똑같이 우울해서 가방을 새로 샀고, 지금 파마한 네 머리가 참 예쁘다고 말해주고 싶었다.

나를 죽이지 못하는 것은
나를 더 강하게 만든다.

- 프리드리히 니체,《우상의 황혼》

● 이창민

제 자신을 더 잘 알고 싶어 심리학과의 꿈을 갖게 된 평범하고 조금은 특별한 대학생입니다.

_____ 이창민

불안은 나의 단짝 친구

나효린
◇◇◇◇◇◇◇

길거리를 지나다니는 사람들, 강의실에 앉아 있는 학생들, 햇빛에 앉아 대화하는 친구들. 이들은 모두 다른 생각을 하고 감정을 느낄 것이다. 일상을 보내며 느끼는 감정은 정말 다양하다. 기쁨, 슬픔, 놀람, 우울 등 수많은 감정 중 나는 불안이라는 감정을 가장 잘 느낀다. 느낀 후에는 온 신경이 곤두선다. 이어서 몸은 긴장되고 피곤해진다. 어떤 생각을 했을 때 심장은 뛰고, 어깨는 무겁고, 비슷한 생각이 계속 이어져 점점 많아지는 것이 불안의 결과이다. 혹은 전제이자 시작일 수도 있다. 결국 내 안에서 불안은 순환한다.

불안은 어떤 구체적인 위험으로부터 위협받지 않았는데도

걱정과 근심을 느끼는 감정이다. 불안이 계속되거나 감소시키기 위한 부적응적 행동을 보인다면 불안장애라고 한다. 내 보통의 하루는 이렇다. 아침에 학교 갈 준비를 하며, 지하철 도착 시간에 늦지 않고 탈 수 있을까? 점심을 먹으며, 내일 있을 발표를 잘할 수 있을까? 오후 수업을 들으며, 어제 마감일이었던 과제는 기간 안에 잘 제출했겠지? 자기 전 뒤척이며, 낮에 친구에게 보낸 문자의 답장은 오늘따라 왜 이렇게 늦을까? 하루의 시작과 마무리에 불안이 있다. 다양한 상황에서 다양한 크기의 걱정을 하고, 주로 작은 문제에서 걱정이 자라나 불안으로 이어진다. 다양한 상황에서 계속해서 긴장하고 불안을 느낀다면 범불안장애라고 할 수 있다.

일상에서 불안을 항상 지니고 있다고 느낀 게 언제부터인지 모른다. 문득, 불안이라는 친구를 데리고 다닌다는 것을 깨달았다. 어느 순간 함께 하기 시작한 불안을 이제는 느끼지 않으면 불안하다. 긴장 없는 편안한 마음이면 더 불안하다는 뜻이다. 참 아이러니하다. 마냥 마음이 편안하면 내가 무언가 놓쳤나 싶어 더 불안해지고, 심지어는 계획이 틀어졌을 때가 아니라 계획을 실천하면서도 그다음에 주어진 많은 일이 잘 진행될지 생각하며 불안해한다. 완벽해지고 싶고, 후회라는 감정을 느끼는 것이 더 싫기 때문에 차라리 불안을 느끼겠다고 마음을 먹는다.

이렇게 걱정이 많은 상황 어디서든 불안과 단짝처럼 항상 함께 한다.

요즘은 발표 상황에서 불안을 느끼는 대학생들도 많다. 나 역시 아직 발표 순서가 아닌데도 기다리면서 심장이 콩닥거리고, 단상에 서면 손에 땀이 나고 말할 때 목소리가 염소처럼 떨리곤 한다. 스스로 우스꽝스러운 모습이겠구나 생각하며 발표를 마친다. 친구 중에서는 발표만 하려고 나가면 웃음이 터져 나오는 경우도 있다. 긴장하고 불안하면 심장이 뛰고, 손에 땀이 나고, 목소리는 떨리고, 하물며 웃음이 나오는 것처럼 몸에서는 다양한 반응이 나타난다.

나는 심장이 뛰는 걸 주로 콩닥거린다고 한다. 두근거린다는 말은 설레거나 기대되는 상황에 적합한 것 같고, 그렇다고 쿵쾅까지는 아닌 콩닥 정도의 느낌이 잔잔하게 느껴진다. 콩닥거리는 느낌을 받아본 적이 있나? 심장이 쉬지 않고 뛰는 게 느껴지고 가슴이 답답해지는 기분이 든다. 그래서 안정되고 편안해지기 위해 계속 한숨을 쉬게 된다. 어느 날 아빠가 왜 이렇게 한숨을 많이 쉬냐고 물으셨다. 이 말을 듣기 전까지는 한숨을 많이 쉬는지 몰랐다. 그냥 자연스럽게 내뱉던 숨이 사실은 땅이 꺼지라 쉬고 있던 한숨이었던 것이다. 내 한숨은 불안에서 온 것이다. 불안하니까 가슴은 답답해지고, 힘드니까 계속 한숨을 쉬게 된다. 한숨 쉬면 땅 꺼진다는 말처럼 한숨을 쉬는 게 좋게 보이지 않을 것을 알아 신경이 쓰였다. 그래서 한숨을 진짜로 한 번 숨을 쉬는 것으로 바꿔보았다. 이 방법이 바로 이완법이다.

이완 치료, 즉 이완법은 신체 근육을 의식적으로 이완시킴으로써 긴장이 감소시키는 것인데, 주로 스트레스 감소를 위해 활용한다. 이완 치료는 근육 긴장, 대뇌 활성화, 심박률, 호흡률, 혈압이 감소하는 반응을 이끌어 낸다는 효과가 있다. 이완법에는 호흡법, 주먹을 꽉 쥐었다가 피기, 어깨를 올렸다가 내리기 등의 방법이 있다. 몸에 힘을 주었다가 빼는 행동 대부분이 이완하는 데 도움을 준다.

대학교 1학년 수업 시간에 이완법을 해본 적이 있다. 코로나19가 유행하던 시기라 작은 노트북 화면 속에서 함께 했다. 당시에는 눈을 감고 마음을 편안하게 하는 것이 어색했다. 그때 어색했던 마음과 행동이 지금은 꼭 필요한 존재가 되어버렸다. 심지어 알아서 척척 활용한다. 내가 주로 의지하는 이완법은 한 번 크게 숨을 쉬는 것, 즉 숨을 크게 들이쉬었다가 내쉬는 방법이다. 코로 숨을 쉬고 내쉬며 폐에 자극이 오는 것을 느끼면 순간적으로 안정이 된다. 숨을 쉬면 어깨도 같이 올라갔다 내려가는데 이때 어깨에 있던 긴장들도 함께 없어지는 느낌이 든다. 단짝처럼 떨어질 수 없는 감정인 불안을 몇 분, 몇 초라도 잊어

보려고 일상에서 사용한다. 이제는 이완법을 하지 않으면 가슴은 쉬지 않고 콩닥거리고, 어깨는 계속 무거운 상태로 남아 나는 콩닥거리는 돌덩이가 되어버릴지도 모른다.

사람들은 누구나 많은 상황에서 불안을 느낀다. 내가 활용하는 이완법이 모두에게 효과가 있지 않을 수 있다. 하지만 불안이라는 큰 파도가 덮쳐올 때 피하는 방법을 모른다면 편안한 마음으로 파도를 받아들이고 잠잠해지도록 하는 나만의 방법을 찾아 활용해 보는 건 어떨까?

불안은 다양한 형태로 나타난다. 마음 안에서 반복될 수도 있고, 바깥으로 보일 수도 있다. 이미 나에게 불안은 없어서는 안 되는 단짝이 되어버렸고 절교할 수 없다. 이제는 잊기보다 조절하며 수용하는 방법을 연습해야 한다. 항상 함께하는 불안의 결이 억세지는 않았으면 한다. 억센 불안을 달래기 위해서 몇 번의 숨을 쉬어야 할지 모른다. 하나의 숨을 들이쉬면 위로가 들어오고, 하나의 숨을 내쉬면 불안이 나간다. 이렇게 숨 한 번이 콩닥거리는 심장과 요동치는 생각을 밀어낸다. 억세지 않은 약간의 불안과 긴장감은 삶을 유지할 수 있도록 도와준다. 나의 단짝인 불안은 내가 도전할 수 있게 할 것이고 곧 성취를 이룰 수 있는 좋은 영향을 줄 것이라 믿는다.

숨을 들이쉬라. 내 쉬라.
그리고 바로 이 순간이 네가 확실히 가지고 있음을
네가 아는 유일한 순간임을 상기하라.
Breathe. Let go. And remind yourself that
this very moment is the only one you know
you have for sure.

– 오프라 윈프리(Oprah Winfrey)

● **나효린**

단 한 사람이라도 나로 인해 도움을 받는다면 행복한 삶이라 생각합니다.
햇살처럼 따뜻하고 다정한 사람이고 싶습니다.

좀비 세상에서
평화 찾기

신서연
◇◇◇◇◇◇◇◇

"만약 세상에 좀비 아포칼립스가 찾아온다면? 어떻게 살아남
아야 할까."

내가 즐겨 하는 상상이다. 좀비 영화를 보면, 사람들은 여느
때와 다를 것 없는 평화로운 일상을 보내다가 갑작스레 어디선
가 들려오는 비명과 함께 일상의 붕괴를 맞이한다. 만약 좀비
사태가 발생한다면, 어떻게 해야 할까? 우선 잘 도망쳐야 한다.
좀비 사태 생존자의 기본 소양은 체력이다. 체력이 부족하면 도
망치다가 좀비에게 붙잡혀 죽임을 당하고 말 것이다. 그리고 대
개 아포칼립스 세상 속에서 사람은 혼자 생존할 수 없다. 때문
에 그다음으로 필요한 능력은 사회성이다. 사람은 생명에 위협

을 느끼면 예민하고 이기적으로 변한다. 사람들을 자극하지 않고 잘 구슬려 함께 생존을 도모할 줄 알아야 한다. 자칫하면 나의 목숨을 위협하는 것은 좀비가 아니라 사람이 될 수 있다. 때문에 집단 속에서 기민하게 행동할 줄 알아야 한다.

나는 좀비 장르를 좋아한다. 웬만한 좀비 영화, 드라마는 전부 섭렵했다. 좀비 장르 중 가장 좋아하는 작품은 미국 드라마인 〈워킹데드〉 시리즈이다. 〈워킹데드〉는 시즌11까지 제작되었으며 10년 넘게 방영되었다. 대부분의 좀비 장르 영화, 드라마들은 좀비 사태가 발발한 시점만을 그리기 마련인데, 〈워킹데드〉는 좀비 사태가 발발한 시점부터 좀비 아포칼립스 세상 속에서 사람들이 각자의 방식대로 적응하고 살아가는 모습을 그린다. 사람들은 아포칼립스 세상에서 각자 집단을 이루고, 각각의 집단들은 각기 다른 사회 구조를 이룬다. 드라마 중후반 시리즈는 생존자 집단끼리의 싸움을 주로 그리는데, 그 과정에서 일어나는 등장인물들의 심리 변화와 성장을 지켜보는 것이 정말 재밌었다. 한편 좀비 아포칼립스 세상에서 살아남는 방법과 지금 세상에서 잘 사는 방법은 크게 다르지 않다는 생각이 들곤 했다. 체력과 사회성, 좀비 아포칼립스 세상이 아니어도 당장 지금 세상에서 잘 살기 위해서 필요하고 길러야 하지 않은

가? 흔히 말하는 갓생처럼, 인생을 부지런히 살기 위해서 말이다. 좀비 아포칼립스 세상에서 살아남는 방법과 지금 세상에서 잘 사는 방법이 비슷하듯이 나는 때때로 좀비 장르를 통해 내가 현재 처한 상황에 대한 해답을 구하기도 했다.

좀비 장르에서는 특히 사람의 욕구가 그대로 잘 드러나는 편이다. 사람은 가장 기초적인 욕구인 생리적 욕구를 시작으로 안전 욕구, 소속과 애정의 욕구, 존경 욕구, 자아실현 욕구를 갖고 있고, 가장 기초적인 욕구부터 단계적으로 욕구를 충족하려 한다. 내가 좀비 장르 작품들 중에서 〈워킹데드〉를 가장 좋아하는 이유 중 하나가 바로 이 욕구 위계가 잘 드러나기 때문이다. 〈워킹데드〉는 좀비 세상에서 사람들이 적응해 살아가는 과정을 중점으로 그리다 보니, 사람들이 욕구 충족 단계를 순차적으로 밟아 나가는 모습이 특히 잘 보인다. 첫날에는 좀비를 피해 도망쳐 목숨을 부지한 것에 만족하고, 둘째 날은 음식과 물을 찾고, 그다음 날은 좀비의 침입에도 안전한 집과 울타리를 찾고, 자신과 같은 생존자가 있나 모색한다. 어느 정도 적응하면 생존자 집단 내에서 권력을 잡고자 하거나 자아실현 욕구를 충족하기 위해 기어이 위험을 무릅쓰기도 한다. 드라마 속 등장인물들이 점차 상위 단계의 욕구를 충족시키기 위해 고민하는 모습을 보면 성장하는 과정이 보여 흐뭇했다. 또한 좀비 장르 특성상 이루었던 모든 것들이 한순간에 무너지는 상황이 자주 연출된다. 그러면 좌절하느라 일을 그르칠 법한데 주인공들은 항상 꾸물거리지 않고 할 수 있는 선에서 순서대로 행동을 개시했다. 마을 울타리가 무너지고 좀비 떼가 마을을 난장판으로 만들면, 일단 울타리를 임시로 막고 울타리 안에 있는 좀비를 하나씩 죽이고 하나씩 정리했다. 만약 울타리를 임시로 막을 수 없으면 바로 다른 곳을 찾아 떠났고 그곳에서 다시 울타리를 세웠다. 내가 좌절하고 있던, 어느 순간에 문득 그들의 모습이 떠올랐다. 사실 그동안 내게는 좀비 떼와 같은 위협이 없기에 여유롭게 고민할 시간이 있었고, 고민한 시간은 내가 쓸데없이 행동을 주저하게 했을 뿐임을 깨달았다. 거의 항상 나는 내가 해야 할 일이 무엇인지, 이미 알고 있었다. 단순하게 생각하며 산다면, 좌절할 필요 없는 순간이 참 많다.

좀비 장르를 좋아하는 것처럼 나는 대부분의 공포 장르를 좋아하고 즐겼지만, 일상 속에서 불안감이 드는 것은 정말 싫어했다. 그래서 불현듯 불안을 느낄 때면 내가 왜 불안한지 이유를 찾아내야 했다. 불안감이 모두 제거된 상태가 곧 가장 행복한 상태라고 생각했고, 내가 느끼는 모든 불안의 원인을 쥐 잡듯이 찾아내고 없애려고 노력했다. 그리고 그런 생각을 갖고 꽤 오래 지냈다. 어느덧 깨달았다. 〈워킹데드〉에서 주인공들이 아무리 좀비를 죽이고 또 죽여도 좀비를 모두 제거할 수 없었던 것처럼 사람이 살아가며 불안을 모두 제거하는 것은 불가능하다. 불안은 연기와 같다. 찾아낸다 한들 손으로 쥘 수 없다. 연기가 자욱하게 찬 방이 있으면 어떻게 해야 하는가? 창문과 방문을 열고 환기를 시켜야 한다. 바람을 일으켜 연기를 없애야 한다. 불확실성은 불안을 유발한다. 그리고 불안이 점점 커져 공포가 된다. 과거부터 사람들은 미지의 대상을 경계하고 두려워했다. 불확실성에서 불안을 느끼는 것은 본능이다. 본능을 완전히 억누르는 것도 삶 속에 불확실성을 완전히 제거하는 것도, 둘 다 불가능한 일이다. 따라서 사람은 삶에서 불안을 깨끗이 제거해 낼 수 없다. 할 수 있는 것은 불확실성 속에서 확실한 것을 찾아 불안을 감소시키는 것이다. 또는 불확실성을 구체적으로 나누는 것이다. 이전의 나처럼 불안감 자체에 초점을 맞춘 채 정체되어 있는 것이 아니라 할 수 있는 일을 하며 앞으로 나아가야 한다. 나는 평소 인생은 직진이라는 말을 좋아한다. 그러나 정작 내가 잡히지 않을 불안을 쫓느라, 앞으로 나아가지 못하고 정체되어 있다는 것을 알지 못했었다. 이제 나는 불안을 느낄 때면 확실한 것들을 하나씩 정의 내리고 정리하며 당장 할 수 있는 것들을 한다. 할 수 있는 것과 할 수 없는 것을 구분 짓고, 할 수 있는 것을 하며 나아가다 보면 평화가 조금씩 곁을 내어 준다. 때때로 하고 싶은 것이 할 수 없는 것으로 구분 지어지는 순간이 오기도 한다. 그럴 때는 할 수 없다고 구분 지어버린 것을 다시 잘게 아주 잘게 쪼개어, 할 수 있는 것들을 찾아내 보자. 마치 바위를 옮길 수 없다면, 바위를 쪼개어 돌멩이를 옮기는 것처럼 말이다. 그렇게 다시 또 할 수 있는 것부터 하며 나아가면 된다. 사람은 사람마다 각자만의 세상이 있다. 그리고 그 모든 세상에 평화는 있다. 자신의 세상 속 평화를 스스로 찾아내자.

많이 생각하는 모든 것들은 문제가 된다.

- 프레드리히 니체

● 신서연

취미, 걱정, 잠이 많고 동물, 사람, 좀비를 좋아합니다.

미래의 불안?
현재의 행복

고명서
◇◇◇◇◇◇◇

반복되는 지치는 일상. 행복한 미래의 나를 위해 산다지만 정작 현재 나의 행복에는 무관심했다.

학업, 취업, 인간관계, 가족, 건강….

스트레스는 넘쳐났고 지독하게 따라다녔다. 어느새 두통은 일상이 되었다. 단연코 미래에 대한 불안이 가장 큰 스트레스이다. 꿈은 명사가 아니라 동사의 형태여야 한다는데, 현실은 그렇지 않다. 보통은 꿈을 질문하여도 특정한 직업을 기대하는 눈치였다. 뒤처지면 안 된다는 무언의 압박 속에서 나는 점차 무력감을 학습해 갔다. 시간은 속절없이 흘러가고 정신없게 살고는 있지만 눈에 띄는 성과가 없었다. 게다가 주변에는 이미 취업에 성공한 친구들이 생겨났다. 막연한 불안은 뭐든 잘 해낼수 있다는 자신감을 집어삼켰다. 뚜렷한 목표 없이 사는 것은 삶의 의미와 원동력이 부족했다. 근심 걱정들이 나의 한계를 설정하는 듯한 착각까지 들곤 했다. 그러다 통제 불가능한 것들에 얽매여 허우적대는 자아를 발견한다. 걱정은 현실이 아니다. 걱정만 한다고 해서 하루아침에 희망찬 꿈과 목표가 생기지 않는다는 것을 깨닫는다.

웰빙, 웰빙 하는 시대에 어쩌면 당연한 진로 불안과 스트레스에 무너지는 것은 조금 억울했다.

심리학 용어 중에 '학습된 무력감'이라는 개념이 있다. 학습된 무력감은 개인이 통제 불가능한 힘든 상황을 반복적으로 겪게 되면 그 상황을 이겨낼 수 있을 때에도 극복하려는 시도조차 하지 않는 현상이다. 즉, 부정적 사건을 통해 통제력의 결핍을 지각하게 되면 무기력한 행동이 나타난다. 중간고사 성적을 예로 들어보자. 끝나버린 시험 결과는 되돌릴 수 없다. 만약 중간고사 성적이 기대에 한참 못 미친다면 이는 피할 수 없는 힘든 상황이다. 학교생활 내내 노력에 비해 초라하게 느껴지는 학점을 확인할 때면 좌절감을 겪을 수 있다. 결국 자기 효능감을 의심하게 되고 무력감에 빠지며 공부에 일절 손을 떼어버릴지도 모른다. 이러한 상황이 곧 학습된 무력감이다.

이른바 노잼 시기에 대해서 들어본 적이 있는가. 노잼 시기는 뭘 해도 다 재미없는 시기를 이야기한다. 개인적으로 인생을 22년 정도 살면서 노잼 시기를 수도 없이 경험한 것 같다. 이제와 생각해 보니 나의 노잼 시기는 학습된 무력감이 만들지 않았나 싶다. 치열한 경쟁 사회 속에서 늘 정체되어 있는 듯한 느낌이 들었다. 공부를 하러 대학교에 왔지만 아르바이트를 하지 않을 수 없었다. 학업에 집중할 시간을 빼앗긴다는 것 자체가 스트레스였다. 힘든 일이 생길 때마다 진정한 어른이 되는 과정이라고 생각하며 버텨왔다. 그럼에도 불구하고 누적되는 다양한 스트레스는 자기통제력을 빼앗아간다. 결과적으로 무력감 속에서 반갑지 않은 손님이 계속 찾아왔다. 인생 권태기 또는 노잼 시기를 주기적으로 맞이하게 된 것이다.

다들 한 번쯤은 아무것도 하기 싫은 날이 있을 것이다. 밀려 있는 연락도, 과제도, 집안일도 모조리 제쳐두고 멍하니 누워 있고 싶은 그런 날 말이다. 괜히 번아웃인지 아닌지 의심해 보고 나름의 논리대로 휴식하기 위해 애쓴다. '이만큼 고생했으니까 이 정도는 쉬어도 돼.' 같은 나름의 합리화라도 하지 않으면 안 된다. 해야 할 일이 산더미인데 비생산적인 행동을 하는 것 자체가 불편하기 때문이다. 일명 마음의 가책을 느낀다. 사실 언제부터 편히 쉬지 못하게 되었는지는 모른다. 처음부터 이런 것은 아니었다. 오히려 일과 삶의 균형을 잘 유지하는 사람이라고 생각했었다. 이제는 마냥 어리다고 말할 수 없는 성인진입기에 들어섰다. 부모로부터 벗어나 홀로서기를 바란다면 독립적으로 결정해야 할 일들이 산더미가 된다. 막중한 책임감의 무게를 배운 후부터 불안이 시작되었던 걸까? 혼자 모든 것을 해내야 한다는 부담감, 힘들어도 심리적 불편감을 안고 쉴 수밖에 없었던 이유이다. 휴식을 적절하게 취하지 못한다는 건 엄청난 스트레스이다. 반대로 스트레스가 우리의 휴식을 방해하기도 한다. 대표적으로 고민이 많을 때 잠이 들기 어려운 사례가 있다.

이처럼 우리의 삶이 항상 동화일 순 없다. 누구나 우여곡절이 있기 마련이다.

"왜 나에게만 이런 일이 일어나지?" 싶은 일들은 대부분 사실이 아닌 경우가 많다.

특히나 20대 초반의 불안은 지극히 정상이라고 생각된다. 당장 주위의 대학생 친구들만 봐도 비슷한 고민들을 안고 살아간다. 중요한 건 난관에 직면할 때마다 어떻게 이겨낼 것인가의 문제이다. 주로 스트레스 사건 자체보다는 스트레스에 대한 개인의 반응이 건강에 영향을 미친다.

학습된 무력감을 극복하기 위한 첫 단계는 개인적 통제감을 갖는 것이다. 우리는 성공이나 실패와 같은 행동의 결과를 설명할 때 통제 소재를 자주 사용한다. 통제 소재는 내적 통제 소재와 외적 통제 소재로 나뉜다. 내적 통제 소재가 강하면 성공이나 실패가 자기 노력의 결과라고 믿는다. 외적 통제 소재를 지닌 사람은 같은 사건이라도 그 원인을 운명이나 타인 등 개인의 외부에서 찾으려 한다. 학습된 무력감의 극복에 있어서 외적 통제의 사용은 독이다. 내적 통제를 기억하자. 즉 나의 사건이 나의 행동에 의해 좌우된다고 생각하는 것이 바람직하다. 대개 전자는 비관성, 후자는 낙관성과 연결되는 경우가 흔하다고 생각한다. 비관성과 달리 낙관성은 스트레스 사건에 보다 유연하게 대처할 수 있도록 돕는다.

두 번째 단계는 수용과 선택적 집중이다. 보통 부정적인 사건 자체를 회피하고 억압한다고 해서 마음의 응어리가 사라지지는 않는다. 때로는 스트레스에 정면돌파할 용기가 필요하다. 객관적으로 통제 불가능한 사건은 어느 정도 수용하는 자세가 필요하다. 대신에 통제 가능한 사건에 선택적으로 집중하는 연습을 하는 것이 좋다. 마라톤 시합에서 우승할 수 없어도 완주를 목표로 달리면 그만이다. 나의 어느 날은 이러했다. 대학생이 되고 난 후 간혹 주변에서 누군가의 죽음으로 힘들어하는 모습을 보게 됐다. 지켜보는 사람도 비탄하고 상실의 아픔에 영향을 받는 명백한 통제 불가능한 사건이다. 혹여나 위로가 상처가될까 봐 선뜻 어떠한 말을 건네기조차 어려웠다. 실질적으로 도움을 주지 못한다는 사실이 머리를 새하얗게 만들었다. 주저했지만 끝내 통제 가능한 사건이 무엇인지 골똘히 가려냈다. 당사자의 고통을 온전히 이해하기 위해 노력했으며 필요할 땐 언제든 기대도 된다고 전하였다. 진심은 언제나 통하는 법이라는 말을 들어봤을 것이다. 허무맹랑한 소리는 아니었다. 꼭 대단하고 거창한 행동을 해야만 어려움에 대처할 수 있는 것은 아니다. 중요한 건 각 상황에 알맞은 대처 유연성을 획득하는 것이다.

부정적 사건을 겪는다고 해서 반드시 부정적 결과만이 뒤따른다는 법은 없다. 모든 사람은 용수철과 비슷하다. 고통의 연속인 삶 속에서 언제든 다시 튀어 오를 수 있다는 뜻이다. 내가 아파하거나 힘들 때 "넌 젊으니까 괜찮아."라는 말을 자주 들었다. 뭐가 괜찮다는 건지 이해하지 못했었다. 아마 무한한 성장 가능성에 대한 이야기인 것 같다. 아프니까 청춘이라는 말을 지지하는 편은 아니다. 그러나, 시행착오를 통해서 성장할 수 있다는 것에는 공감한다. 현재 무슨 고민으로 얼마큼의 아픔을 견디고 있는지는 모르지만, 미래에는 성장의 자원으로 활용할 수 있다. 물론 현재의 웰빙에 무관심하다면 미래의 삶이 행복해질지는 미지수이다. 진심으로 현재를 살아갔으면 좋겠다. 앞만 보

고 달려나가는 것도 좋지만 지금의 나에게 미안한 감정이 들었
다. 미래만 좇기보다는 하루하루의 행복에 신경 쓰며 자기감정
을 자세히 들여다보길 바란다.

행복은 기쁨의 강도가 아니라 빈도다.

- Ed Diener

● **고명서**

사소한 것에 행복을 느끼는 그러한 사람이다.

울기 위해서 웃기로 했다

안이찬

"친구끼리 장난치는 건데 설마 이런 것 가지고 기분 상하는
거 아니지?"

"응, 나는 괜찮으니까 신경 쓰지 마. 기분 하나도 안 나빠."

'거짓말쟁이.'

힘들어도 힘들다고 말하거나 울지 않는다. 사람들 앞에서는
어떤 일이 있어도 웃는다. 싫어도 괜찮은 척해야 한다. 누구에
게나 친절하고, 상냥해야 한다. 언제나 밝고, 긍정적인 사람이
되어야 한다. 그래야만 사람들이 나를 좋아하기 때문에. 나답게
행동하면 사람들은 분명 나를 싫어하고, 떠날 것이기 때문에.

그렇기에 나는 나를 숨기기에 급급했고, 착한 아이, 밝고, 활발하고, 긍정적인 아이로 살려고 했다. 내가 얼마나 힘들고 지쳤는지, 얼마나 우울하고, 어떤 감정을 느끼고 있는지는 전혀 신경 쓰지 않은 채 그렇게 살았다.

"네 주변에 있는 사람들 네가 좋아서 있는 것 같지? 선생님이 너 불쌍한 애라고 친구인 척해주라고 해서 놀아준 거야. 세상에 너 같은 사람을 좋아하는 사람은 없어."

초등학교 졸업 직전에 같은 반 아이에게 들었던 말이다. 초등학교 시절의 나는 사고를 많이 치는 아이였다. 우울하고, 폭력적이며, 자만함으로 가득 찬 부정적인 아이였다. 덕분에 부모님은 틈만 나면 학교에 오셨고, 당연히 나를 좋아하는 사람은 없었다. 그렇게 초등학교 6학년이 됐을 때, 변화의 필요성을 느껴 반성하고 모범적으로 생활하기 시작했다. 그렇게 같이 다니는 친구들이 생기면서 조금씩 좋아지고 있다고 생각했다. 그러다 저 말을 듣게 된 것이다. 처음에는 그 애가 나를 자극하기 위해서 한 거짓말이라고 생각했지만 우연히 선생님께서 애들에게 그런 부탁을 했다는 말이 사실이라는 것과 선생님들마저 나를 기피했다는 것을 알게 되면서 큰 상처를 받았다.

'나는 누군가에게 사랑받을 수도 없고, 환영받지도 못하는 사

람이구나. 앞에서는 잘 지내는 척해도 사실은 모두가 나를 싫어하는구나.'

이날 이후로 나를 드러내면 사람들이 싫어할 것 같아 내가 느끼는 생각이나 감정을 숨기고, 다른 사람들이 원하는 대로 반응하고 행동하려고 노력했다. 그렇게 한 달도 되지 않아 '부정적이고 폭력적인 문제아'는 '밝고 착한 모범생'이 되었다. 어떤 괴롭힘이나 장난도 다 받아주고 싫은 티 하나 내지 않는, 절대 화내거나 우울해하지 않는 그런 아이 말이다. 그래야만 나는 행복해질 수 있다고 생각했다.

심리학자 아론 벡은 어떤 사건이 발생했을 때 사람들은 객관적 사실에 반응하는 것이 아니라 의미를 부여한 주관적 현실에 반응한다고 보았다. 마치 누군가가 연락을 씹었을 때 저 사람이 내 연락을 씹었다는 사실보다 씹은 이유가 무엇일지에 집중하는 것처럼 말이다. 내가 과거 경험을 통해 나를 드러내면 미움받을 거라고 생각하게 된 것처럼, 사람들은 어떤 부정적인 생활 사건이 발생했을 때, 유전이나 초기 아동기 경험으로 형성된 역기능적 신념에 의해 사건을 지각하는 과정에서 인지적 오류가 발생한다. 이는 감정을 경험하기 전에 자동적으로 빠르게 떠오른 자동적 사고를 발생시켜 이상행동이나 부적응, 부정 정서를 일으킨다.

"나에게 울분을 토해내면 어떻게 될 거라고 생각했어? 지금 기분은 어때?"

"…후련해."

대학교에 와서 어떤 친구에게 울분을 토해낸 적이 있다. 감정이 많이 쌓여 있던 건지 묵혀 있던 감정들이 쏟아져 나왔다. 그때 친구가 나에게 물었다.

생각해 보면 그랬다. 내 감정을 드러내고 나답게 행동하면 불행해질 것이고, 모두에게 미움받을 거라고 생각했다. 행복하기 위해서는 부정적인 감정을 표현하면 안 되고, 내 원래 모습은 모두가 싫어할 것 같았다. 물론, 이유는 있었다. 감정을 표현할 때면 항상 싸움이 났고 한 번이라도 싸웠던 사람들은 거의 다 나를 떠나갔다. 심지어 일부는 나를 욕하고 다니기도 했다. 하지만 그 누구도 나에게 이렇게 말하지 않았다. 그저 사람들의 행동을 내 멋대로 해석했을 뿐이다. 지금까지의 생각들은 단지 내 추측일 뿐이었다. 그렇게 생각하니까 한결 마음이 편해졌다. 이처럼 자동적 사고를 파악하는 과정에서 생각이 현실은 아니라는 것을 알게 되면 자동적 사고의 영향력이 줄어든다.

자동적 사고를 파악했으면 이젠 그 사고를 변화시켜야 한다.

대표적인 방법으로는 생각의 유용성과 현실성을 검토하는 소크라테스식 대화가 있다. 이 과정을 통해 문제를 좀 더 현실적인 관점에서 바라볼 수 있도록 할 수 있다. 내가 가지고 있던 생각이 안 좋은 영향을 준다는 것은 알고 있었다. 자존심을 갉아먹고, 버려지는 것이 두려워 사람들과 어울리는 것을 피하게 됐다. 다가오는 사람에게 벽을 치고, 사소한 실수에도 조급하게 수습하다가 더 큰 실수를 저지르기도 했다. 무엇보다 오랜 시간 감정을 숨기고 살았더니 내가 어떤 감정을 느끼는지조차 알 수 없는 상황까지 이르렀다. '나'라는 정체성을 잃어버린 것이다. 그렇기에 이 생각이 나쁘다는 것은 알고 있었으나, 이전까지의 경험으로 인해 좀처럼 변화시키지 못하고 있었다.

"솔직하게 말해줘서 고마워. 나도 신경 쓰이긴 했는데, 부주의했던 것 같네. 앞으로는 조심할게."

그러나, 그 친구는 나와 멀어지지 않았다. 오히려 내가 울분에 경청했고, 부주의했던 부분에 대해 정중하게 사과했다. 내 자동적 사고와 반대되는 증거가 생긴 것이다. 이 친구를 기점으로 기존의 사고와 반대되는 사례가 계속 생겼고, 지금은 사람들에게 어려움 없이 자기개방을 할 수 있게 되었다. 이를 행동실험이라고 한다. 평소에 자동적 사고로 인해 본인이 했던 경직된 부적응적 행동과 반대되는 행동을 시도해 보고, 그 결과를 확인함으로써 자동적 사고의 타당성을 검증하는 것이다.

"정수기에 깨끗한 물을 담기 위해서는 우선 흙탕물을 전부 쏟아내야 한다."

내가 지어냈지만, 개인적으로 정말 좋아하는 말이다. 살다 보면 정수기의 수통에 흙이나 모래, 그 밖의 이물질이 들어가기도 한다. 적은 양의 이물질은 필터에 의해 걸러져 금방 사라지지만, 많은 양, 또는 독성을 띄는 이물질은 결국 물을 오염시키고 만다. 그렇게 더러워진 물은 아무리 새롭게 깨끗한 물을 부어도 결국에는 다시 더러운 물이 된다. 그럼 이 문제를 해결하기 위해서는 어떻게 해야 할까? 방법은 간단하다. 수통에 있는 모든 물을 이물질과 함께 쏟아내는 것이다. 수통에 더 이상 아무것도 남지 않도록 전부 비워낸다. 그렇게 모든 것을 쏟아낸 정수기는 다시 깨끗한 물로 채울 수 있게 된다.

사람도 마찬가지다. 감당하기 힘든 부정적인 감정이 한 번 머릿속을 차지하게 되면 그 후에 아무리 어떤 좋은 감정을 채우려고 해도 어느 순간 오염되어 부정적인 감정으로 변질되고, 이게 이어지면 결국 자신을 갉아먹게 된다. 이 문제를 해결하기 위해서는 머릿속에 남아 있는 모든 부정 정서와 사고를 쏟아내야 한다. 울어도 보고, 화를 내보기도 하고, 소리를 질러도 보아

라. 모든 것을 쏟아내어 더 이상 아무것도 나오지 않을 때까지 다 비워내라. 그 후에 남은 것이 없는 마음속에 다시 좋은 기억, 좋은 감정들로 채우는 것이다.

불행을 해소하지 않으면 결코 행복해질 수 없다. 그렇기에 나는 행복해지기 위해 울기로 했다.

일체유심조(一切唯心造).

모든 것은 오직 마음에서 지어내는 것이다.

- 《화엄경(華嚴經)》

● 안이찬

부족하더라도 포기하지 않고 어제보다 조금이라도 더 나은 사람이 되기 위해 노력하는 것이 제 목표입니다.

스무 살,
나를 만나러
갑니다

초판 1쇄 발행 2024. 2. 20.

지은이 최혜만 외 40인
펴낸이 김병호
펴낸곳 주식회사 바른북스

편집진행 박하언
디자인 양헌경

등록 2019년 4월 3일 제2019-000040호
주소 서울시 성동구 연무장5길 9-16, 301호 (성수동2가, 블루스톤타워)
대표전화 070-7857-9719 | **경영지원** 02-3409-9719 | **팩스** 070-7610-9820

•바른북스는 여러분의 다양한 아이디어와 원고 투고를 설레는 마음으로 기다리고 있습니다.

이메일 barunbooks21@naver.com | **원고투고** barunbooks21@naver.com
홈페이지 www.barunbooks.com | **공식 블로그** blog.naver.com/barunbooks7
공식 포스트 post.naver.com/barunbooks7 | **페이스북** facebook.com/barunbooks7

ⓒ 최혜만 외 40인, 2024
ISBN 979-11-93879-00-9 03810